샤이닝

KVITLEIK
by Jon Fosse

샤이닝

욘 포세 장편소설
손화수 옮김

Jon Fosse

Kvitleik

문학동네

일러두기

1 번역 대본으로는 *Kvitleik*(Jon Fosse, Samlaget, 2023)를 사용했다.
2 한국어판 부록 '2023년 노벨문학상 수상 기념 연설문'은 스웨덴 아카데미 노벨재단의 동의를 구해 전문을 실었다(*Nobel Lecture* by Jon Fosse © THE NOBEL FOUNDATION 2023).

차례

샤이닝
7

나는 차를 타고 벗어났다. 기분이 좋았다. 움직이니 기분이 좋았다. 나는 어디로 가야 할지는 몰랐다. 단지 나는 운전을 할 뿐이었다. 나를 덮친 것은 지루함이었다, 평소 지루함이 무엇인지도 모르던 내가 지루함에 압도당한 것이다. 내가 하려고 한 어떤 일들도 내게 기쁨을 주지 못했다. 바로 그 때문에 나는 무언가를 했을 뿐이다. 나는 차에 타 운전을 했고, 오른쪽 길과 왼쪽 길을 선택할 수 있는 지점에서 우회전을 했고, 다시 오른쪽과 왼쪽을 선택할 수 있는 다음 교차로에 이르렀을 때 좌회전을 했다. 나는 이런 식으로 계속 차

를 몰았다. 그러다 바큇자국이 점점 깊이 파이는 숲길로 접
어들어서야 어느 순간 차가 길바닥에 처박히고 있다는 것
을 알아차렸다. 나는 계속해서 차를 몰고 있었고, 급기야 차
는 완전히 멈춰버렸다. 후진을 시도했지만 소용이 없어 나
는 차를 세웠다. 엔진을 꺼버렸다. 나는 차에 앉아 있었다.
그렇다, 나는 지금 여기 있다, 나는 지금 여기 앉아 있다, 문
득 공허감이 나를 덮쳤다, 마치 지루함이 공허함으로 변해
버린 것 같았다. 아니 어쩌면 그것은 두려움일지 몰랐으니,
왜냐하면 가만히 앉아 마치 아무것도 없는 공허 속을 바라
보듯 앞쪽을 멍하니 바라보았을 때 나는 두려움을 느꼈기
때문이다. 텅 빈 무無의 세계. 내가 지금 무슨 소리를 하고
있는 건가. 내 앞에 있는 건 숲이다, 그저 숲일 뿐이다. 그러
니까 충동적으로 차를 몰고 나왔다가 어느새 나는 숲속으로
들어오게 된 것이다. 이를 어떻게 설명하면 좋을까, 이 세상
에 존재하는 것들은, 그것이 무엇이든 또는 그것이 무엇을 의
미하든, 항상 다른 무언가로 이어진다고 말할 수 있을 것이
다. 나는 눈앞에 펼쳐진 숲을 바라보았다. 숲. 나란히 서 있는
나무들과 고랑들, 소나무들. 나무들 사이로 보이는 황토색 땅

은 바짝 마른 곰팡이 같았다. 나는 공허함을 느꼈다. 그리고 이 두려움. 나는 무엇을 두려워했는가. 나는 왜 두려워했는가. 너무 두려워서 차에서 내리지도 못할 만큼. 그럴 엄두도 못 낼 만큼. 나는 차를 타고 이 숲길로 들어왔고 길이 끝나는 지점쯤에서 오도 가도 못하게 되었다. 내가 두려움을 느낀 건 바로 그 때문이리라, 나는 차를 타고 가다가 숲속의 막다른 길에서 꼼짝도 못하게 되었고, 그곳에서는 차를 돌릴 수도 없었으니까. 사실 이 숲길에 들어선 후 차를 돌릴 만한 곳을 지나온 기억도 없었다. 그럴 리는 없었을 것이다. 그도 그럴 것이 전환점이 보였다면 나는 무조건 차를 세운 후 방향을 돌렸을 테니까, 나지막한 언덕이 연이어 자리한 풍경 속에서 이 좁디좁은 길을 운전하는 것이, 오히려 지루함을 더했으면 더했지 지루함을 덜어주진 않았던 것이다. 하지만 나는 차를 돌릴 만한 공간을 발견하지 못했고 운전을 하는 내내 쉴새없이 그런 공간을 찾아 두리번거렸지만 찾을 수 없었다, 그렇다, 나는 운전을 하면서도 차를 옆으로 빼고 조금 후진한 후, 다시 조금 앞으로 전진하는 행위를 몇 번 더 반복하며 마침내 차 방향을 완전히 돌릴 수 있는 곳이 나타나기를 기다렸을 테고, 그렇게 차를 돌렸다면 왔던 숲길을 되돌아가 다시 차도에 올랐을 테고, 어쨌든 어딘가 마을로라도 향했을 것이다. 하지만 나는 어디로 가려 했을까, 그저 사람들이 있는 곳, 내게 필요한 이런저런 것을 살 수 있는 곳, 예를 들어 핫도그를 살 수 있는 곳, 또는 운이 좋으면 도로변 작은 카페 앞에 차를 세우고 그곳에서 저녁을 먹을 수도 있는 곳으로 향했을 것이다. 얼마든지 있을 수 있는 일 아닌가. 문득 내가 언제 마지막으로 저녁을 챙겨 먹었는지 기억나지 않았다. 하지만 혼자 사는 사람이라면 누구든 흔히 경험할 수 있는 일이다. 사실 저녁식사를 준비한다는 것은 여간 귀찮은 일이 아니라서, 대부분의 경우 가장 쉬운 저녁거리, 즉 빵조각으로 배를 채우는 게 최선인데, 만약 집에 빵이 있다면, 빵 위에 뭔가를 얹어 먹으면 더 좋을 것이다, 마요네즈를 바르고 양고기 햄 두세 장을 올려서. 그런데 이게 내가 지금 마치 더는 해야 할 중요한 일이 하나도 없는 사람처럼 여기 앉아 곰곰 생각해볼 일인가. 하지만 중요한 일이 뭐가 있을까. 이 얼마나 어리석은 질문이며, 어리석은 생각인가. 지금 내 차는 사람이라곤 그림자도 보이지 않는 숲길에서 멈추었고, 나는 차를 움직일 수가 없으니, 내가 처한 이 상황은 충분히 절박하다고 할 수 있을 것이다. 숲길에 처박힌 차를 빼내는 것은 절박한 일이다. 차를 이렇게 처박힌 채로 놔둘 수는 없는 노릇이니까. 너무나 당연한 사실이다. 이것은 너무나 당연하기에 세상에서 제일 멍청한 바보조차도 아는 사실이다. 나는 가만히 서서 차를 바라보았고, 차는 그 자리에 서서 멍청하게 나를 바라보았다. 아니, 멍청하게 바라본 건 차가 아니라 나였을지도 모른다. 한적한 숲길 나직한 언덕 위, 더 깊은 숲속까지 몇 미터가량 더 이어지는 작은 오솔길 앞에서 멈춰 선 차는 너무나 멍청해 보였다. 도대체 내가 이 숲길에서 할 수 있는 일이 뭐가 있을까. 나는 왜 여기까지 차를 몰고 왔을까. 도대체 무슨 생각으로. 나는 무슨 이유로 여기까지 왔던 것일까. 아무런 이유도 없었다. 전혀 없었다. 그렇다면 나는 왜 이 숲길로 차를 몰고 들어왔나. 아마도 그것은 순전히 우연이었을 것이다. 그렇다, 우연이라고밖에 표현할 수가 없다. 한데, 우연이란 무엇일까. 아니, 이 상황에서 이처럼 멍청한 생각을 하면 안 된다. 그런 생각은 어떤 식으로도 도움이 될 리 없다. 지금 내가 해야 하는 일은 길에 처박힌 차를 빼내는 일뿐이다. 그러고는 차를 돌려야 한다. 하지만 나는 이 숲길에 들어온 후 차를 돌릴 수 있는 충분한 공간을 발견하지 못했다, 만약 그런 곳을 보았다면 분명 오래전에 차를 돌렸을 것이다, 왜냐하면 이처럼 단조로운 숲길에서 차를 모는 것보다 더 지루한 일은 없을 테니까. 오직 나직한 언덕만 이어진 길을 지나오며 내가 보았던 것은 황폐한 작은 농가뿐이었다, 창문들이 있어야 할 자리를 판자로 가려놓은 그 농가에는 사람이 살지 않는 게 분명했다. 곳곳에 페인트 색이 바랬고, 아예 칠이 벗어진 곳도 있었다. 헛간 지붕도 절반 이상이 내려앉았다. 낡고 허물어져가는 집들을 보면 안타깝기 그지없다. 아무도 신경쓰지 않는 집. 그런데 왜 아무도 신경쓰지 않을까. 그 집도 낡아 허물어지기 전에는 분명 아름다웠을 텐데 말이다. 나도 그런 집에서 살아봤으면 했다, 그렇다, 길에서 지나쳐오며 봤던 그런 집에서 말이다. 하지만 그것도 내가 젊었을 때, 아주 오래전이나 가능했을 이야기다, 지금은 아니다. 당연히 나는 지금과 같이 그처럼 쓰러져가는 집에 살고 싶지는 않다. 지금은 당연히 그런 집에 살 수 없다. 사람이든 동물이든, 또는 어떤 존재라 할지라도. 아, 동물은 살수 있을까. 그렇다, 어쩌면 몇몇 종류의 동물들이 이미 그집에 들어와 살고 있었을지 모른다. 아마 거기에는 쥐들이바글바글했을 것이다. 어쩌면 커다란 들쥐들도 살고 있었을지 모른다. 사실, 생쥐든 들쥐든 내가 상관할 바는 아니다.적어도 그 집에 사람이 살고 있진 않았다. 지금 내게 필요한것은 바로 사람들이었다. 차를 소유한 사람들, 아니 내 차를빼줄 트랙터를 소유한 사람이라면 더 좋을 것이다. 하지만내가 지나쳐왔던 그 농가에는 사람이 보이지 않았다고 확신한다. 그리고 나는 숲길 위쪽에 덩그러니 자리한 오두막한 채 외에는 아무것도 보이지 않는 먼 길을 지나쳐온 걸기억하고 있다. 오두막은 꽤 관리가 잘되어 있었지만 창문에 커튼이 드리워져 있던 걸로 보아 안에 사람이 있는 것같지는 않았다. 그렇다면 나는 사람들에게 도움을 청하기위해 도로변으로 나가야 할 것이다. 가만히 생각해보니 숲길로 들어오기 전 시골길을 달리면서도 도로 양옆에 자리한 집을 본 기억이 없다. 왼쪽이었던가 오른쪽이었던가 마지막으로 차 방향을 바꾸기 전에도 허허벌판을 달린 기억밖에 없다. 한적하고 긴 시골 도로를 달리면서 사람이 사는 집을 지나쳤던 적이 있던가. 그랬을지도 모른다. 아니, 그러지 않았을지도 모른다. 어쨌든 내가 달렸던 시골길은 매우 길었고, 중간에 좌회전해서 이 숲길로 들어오지 않았더라면 나는 아마도 시골길의 끝, 막다른 지점에 이르러 차를 돌려야 했을 것이 틀림없다. 시골길을 따라 차를 몰면서 양옆에 서 있는 집을 본 기억은 없다. 솔직히, 굳이 집을 찾아 두리번거리지도 않았다. 더 정확히 말하자면, 나는 운전을 하며 집에 관해서는 전혀 생각하지 않았다. 물론 그렇다고 내가 한두 채의 집도 지나쳐오지 않았다는 뜻은 아니다. 당연히 그런 뜻은 아니다. 어쩌면 여러 채의 집을 지나쳤을지도 모른다. 그리고 그 집에는 분명 사람들이 살고 있었을 것이다. 적어도 몇몇 집에는 말이다. 만약 그곳에 사람들이 살지 않았다면 길이 나 있을 리도 없지 않은가. 당연히 내가 방금 전에, 혹은 방금보다는 조금 더 이전에 지나쳐온 길가에는 사람들이 사는 집이 있었을 것이다, 내가 작은 숲길을 발견하고 왼쪽으로 차를 돌려 경사진 숲길로 진입하기 전에 말이다. 하지만 다시 도로변까지 걸어가기엔 너무나 멀다, 숲길에서 빠져나가 도로변에 이르렀다 하더라도 사람이 사는 집을 발견하기까지는 또 얼마나 더 걸어야 할까. 설사 마침내 집을 발견한다 하더라도 거기에 사람들이 살고 있을지 확신할 수 없는 일이다, 혹은 사람들이 살고 있다 하더라도 그들이 차를 소유하고 있을지, 또는 차를 운전할 수 있는 사람이 그 시간에 집에 있을지도 알 수 없는 일이다. 하지만 이처럼 외딴 시골에 사는 사람이라면 차 한 대 정도는 소유하고 있을지도 모른다. 아니, 그렇지 않을지도 모른다. 옛날에는 차를 가진 사람이 아무도 없었다. 그때는 아마 버스를 타고 다녔을 것이다. 아무래도 그랬을 것이다. 나는 시골길을 달리며 작은 농가를 지나쳤을 확률이 크다, 그들에게는 트랙터도 있었을 것이다, 작은 이륜 트랙터가 있었을지도 모른다. 작은 이륜 트랙터라 하더라도 이렇게 숲길에 처박힌 내 차는 수월하게 빼낼 수 있을 것이다. 문제는 이 숲길에서 아래쪽 도로변까지 걸어가긴 너무 멀다는 사실이다, 게다가 도로변에 이른다 하더라도 첫번째 집에 다다르기까지는 아마도, 아니 분명히, 먼 길을 걸어야 할 것이다. 차라리 다시 차에 시동을 걸고 한번 더 전진과 후진을 번갈아가며 시도해보는 게 나을지도 모른다. 앞으로, 뒤로. 다시 앞으로 뒤로. 그렇다, 다시 시도해보는 것도 나쁘지 않을 것이다. 나는 차 안에 그대로 앉아 앞을 바라보고 있다, 초점 없이 멍하니 앞만 바라보며 그냥 가만히 앉아 있다. 문득 눈이 내리고 있다는 것을 깨달았다, 분명 한참 전부터 눈이 내리는 걸 보고 있었을 테지만, 눈을 인식하기까지, 그것을 알아차리기까지는 시간이 조금 걸렸다. 눈은 그다지 많이 오지 않았다. 하얀 눈송이들이 춤을 추듯 천천히 내려앉고 있었다, 나는 허공에서 춤을 추는 눈송이를 시선으로 좇았다, 먼저 하나, 그리고 그다음 눈송이, 나는 눈송이가 하나씩 차례차례 땅에 내려앉을 때까지 지켜보았다, 처음엔 각각의 눈송이를 눈으로 따르기가 그리 어렵지 않았지만, 점점 눈발이 거세지기 시작하면서 그것도 쉽지 않았다, 나는 눈송이를 지켜보는 것을 그만두고, 운전석에 앉은 채로 다시 초점 없이 앞만 바라보면서, 이제 눈이 쌓이면 차를 빼내는 일이 더 어려워질 거라는 생각을 했다, 눈이 내리기 전에는 단지 어려운 일에 불과했지만 지금은 아예 불가능한 일이 되어버렸다. 그러니 이제는 차를 빼줄 수 있는 사람을 찾아 데려오는 것 말고는 다른 방도가 없었다. 그러려면 이렇게 차 안에 가만히 앉아 있을 게 아니라 사람을 찾아 나서야 했다. 문제는 어디로 가야 내가 사람들을 만날 수 있을지 모른다는 것이었다, 내가 보았던 작은 농가는 황폐했고, 언덕 위 오두막에는 아무도 없었으며, 아래쪽 도로변까지 걸어가긴 너무 멀었다. 도대체 나는 무슨 생각으로 이토록 깊숙한 숲속으로 차를 몰았을까. 어쩌면 아무 생각 없이 무작정 차를 몰았는지도 모른다, 내가 얼마나 멀리까지 왔는지는 생각도 하지 않은 채 말이다. 그렇다, 바로 그 이유일 것이다. 하지만 지금, 지금 나는 무엇을 해야 하는가. 나는 내 차를 빼내줄 수 있는 사람, 트랙터나 차를 소유한 사람을 찾아 나서야 한다. 한데 문제는 바로 그거다. 도대체 어디로 가야 그런 사람을 찾을 수 있을지 모른다는 것이다. 어쨌든 나는 다시 아래쪽 도로변으로 돌아가야 한다, 그리고 트랙터나 차를 소유한 사람이 사는 집이 보일 때까지 무작정 걸어야 한다, 이처럼 외진 곳에 사는 사람이라면 분명 차가 있을 것이다. 적어도 젊은 사람들이라면 말이다, 나이 많은 사람은 대부분 차가 없고, 심지어는 운전면허증이 없는 사람도 적지 않고, 이처럼 외딴곳이라 해도 이따금 버스가 다니기는 할 것이다, 나는 숲길에 진입하기 전 매우 오랫동안 차를 몰았고, 차를 몰면 몰수록 주변 풍경은 점점 황무지로 변해갔다, 그렇다, 나는 어느 순간 왼쪽으로 차 방향을 돌렸고, 다시 오른쪽으로 차를 틀었으며, 얼마 후 다시 왼쪽으로 방향을 바꾸어 달렸다, 그러다보니 여기까지 오게 되었고, 더는 나아가지 못하게 되었다. 그렇다, 일은 그렇게 된 것이다. 이제 나는 더이상 기다릴 수 없다. 눈이 점점 더 많이 내리고 있으니, 무슨 일이라도 해야 한다. 그럼에도 나는 제자리에 가만히 앉아 하염없이 떨어지는 눈송이만 바라보고 있다. 아니, 하염없이 내리는 눈송이라 해야 할까. 게다가 좀 추워지고 있지 않나. 그래, 정말 그렇다. 그렇다면 차에 엔진을 작동시키면 될 것이다, 왜 진작에 그 생각을 못했을까, 차 안에 멀쩡하게 돌아가는 난방기가 있는데. 나는 차에 시동을 걸고 난방기를 최대한으로 틀었다. 온풍기가 작동하면서 윙윙하는 기계음을 만들어냈다. 얼마 지나지 않아 따뜻한 바람이 내게로 불어오기 시작했다. 온기를 느끼니 기분이 좋았다. 곧 차 안의 공기도 훈훈해질 것이다. 어느새 눈이 앞 차창을 온통 덮어버렸다, 나는 와이퍼를 작동시켰다. 이제 보니 눈은 그쳤고 앞에 보이는 땅은 하얀 눈으로 덮였다, 숲속 나뭇가지에도 하얀 눈이 쌓였다. 아름다웠다. 하얀 나무, 하얀 땅. 이제 차 안이 기분좋게 따뜻해졌다. 하지만 이렇게 차 안에 앉아 있으면 안 된다. 사람을 찾아 나서야 한다. 저 앞 숲속에 작은 오솔길이 보였다. 저 길은 어딘가로 이어질 테고, 분명 거기 사람들이 있을 것이다. 그렇다면 저 오솔길을 따라가는 게 더 나을지도 모른다. 그러면 틀림없이 사람들이 사는 곳에 다다를 수 있을 것이다. 그렇다, 내가 해야 할 일은 바로 그것이다. 사람들이 살지 않는 곳이라면 길도 나 있지 않을 테니까. 나는 확신했다. 숲속, 그리 깊지 않은 숲속에 분명 사람들이 살고 있을 것이다. 그들을 찾기만 하면 된다. 그러니 나는 차 안에 가만히 앉아 있으면 안 된다. 밖으로 나가야 한다. 숲 안쪽으로 들어가야 한다. 누군가를 찾아야 한다. 차 안에 가만히 앉아 있는 것은 아무런 도움도 되지 않는다. 나는 차 열쇠를 돌려 엔진을 끄고, 재킷 주머니에 열쇠를 넣었다. 이제 움직여야 할 때가 되었다고 혼잣말로 중얼거리며, 나는 차에서 내려 문을 닫은 후, 차문을 잠가야 할지 잠시 생각에 잠겼지만 이내 차문을 잠글 필요가 없다는 결론을 내렸다. 누군가가 내 차를 훔치려 한들, 차는 숲길에 처박혀 꼼짝도 하지 않을 테니까. 나는 몇 걸음을 내디뎠고 내가 눈밭을 걷고 있음을 깨달았다. 눈은 그다지 많이 쌓이지 않았다. 나는 눈 위에 찍힌 내 발자국을 보았다. 내 차도 눈으로 뒤덮여 있었다. 숲길도 하얀 눈으로 뒤덮여 있어 길이 어디로 나 있는지 정확히 알아보기 힘들었지만, 자세히 보면 길을 따라갈 수는 있을 것 같았다. 나는 숲속에 나 있는 작은 오솔길로 들어섰다. 양옆에 나무들이 나란히 서 있는 눈 덮인 그 길이 오솔길이 틀림없다고 생각했다. 이제 나는 숲속으로 계속 걸어가는 수밖에 없었다. 사람이 사는 집이 나올 때까지, 내 차를 빼내주고 내가 다시 아래쪽 도로변으로 나갈 수 있도록 도와줄 사람을 만날 때까지. 하지만 차를 빼서 숲길을 따라 운전해서 나온다 하더라도 나는 길고 긴 길을 후진해서 나와야 할 것이다. 아니, 왜 그런 생각을 했을까, 아까 지나친 오두막 입구의 진입로에서 차를 돌릴 수도 있을 것이다, 물론이다. 커튼이 드리워 있던 그 오두막까지는 결코 가깝지 않았지만, 그다지 먼 거리도 아니어서, 거기까지 차를 후진해 가기는 그리 어렵지 않으리라, 그건 확실하다, 나는 생각했다. 이제 나는 사람을 찾기만 하면 됐다. 내 머릿속에는 오직 그 생각뿐이었다. 사람을 찾아야 한다는 생각. 최대한 빨리 사람을 찾아야 한다는 생각. 나를 도와줄 사람을 찾아야 한다는 생각, 그런데 나는 무슨 생각으로 더 깊은 숲속으로 들어왔을까, 이처럼 깊은 숲속에서 정말 사람을 찾을 수 있다고 믿었던 것일까. 이보다 더 절망적일 수는 없었다, 깊은 숲속에 차가 처박혀 꼼짝달싹 못한 것은 차치하고라도, 도움의 손길을 찾기 위해 더 깊은 숲속으로 들어가다니, 나는 도대체 무슨 까닭으로 이 깊은 숲속에서 도움을 받을 수 있다고 생각했던 것일까, 아니, 그것을 생각이라는 단어로 표현하는 것조차 옳지 않다, 그것은 문득 떠오른 무엇, 일시적인 충동이라든가, 뭐 그 비슷한 것이었다. 어리석은 일이었다. 너무 바보 같은 일이었다. 멍청했다. 그보다 더 멍청할 수는 없었다. 나는 내가 왜 그런 행동을 했는지 전혀 이해할 수 없었다.

하지만 나는 지금껏 단 한 번도, 죄 많은 나의 한평생에 걸쳐 단 한 번도, 이 같은 일을 경험해본 적이 없었다, 이 비슷한 일조차 일어난 적이 없었다, 어느 늦가을 저녁에 이렇게 숲속에 들어왔던 적은 한 번도 없었고, 이제 날은 점점 더 어두워져 곧 내가 어디에 있는지도 알아볼 수 없을 만큼 컴컴해질 것이며, 어디에서도 어느 무엇도 찾지 못할 것이고, 결국 내 차가 어디 있는지조차 찾지 못하게 될 것이다, 이보다 더 바보 같은 상황이 있을까, 아니 그저 바보 같은 상황이라고 표현하는 건 적절치 않다, 이 상황을 표현할 말이 내게는 없다. 나무 사이에는 어둠이 내려앉았고, 나는 한 치 앞도 볼 수 없다. 오직 눈뿐이다. 그리고 한기. 온몸이 사정없이 떨린다. 이처럼 추웠던 적이 있었던가. 하지만 마음만 먹으면 차로 되돌아가 다시 엔진을 켜고 난방기를 틀 수 있다. 그러면 곧 온기를 느낄 수 있을 것이다. 나는 지금 깊은 숲 한가운데에 있다. 피곤이 몰려온다. 잠시 쉬어야 할 것 같다. 하지만 어디에 앉아 쉴 수 있을까. 저기, 저멀리 보이는 것은 바위가 아닌가. 그렇다. 깊은 숲 한가운데에 자리한 크고 둥그런 바위 하나, 사람들이 앉아 쉴 수 있도록 만들어놓은 듯한 바위 하나, 그 바위 위로는 나뭇가지들이 마치 지붕처럼 드리워 있다. 나뭇가지 위에는 하얀 눈이 쌓여 있다. 내 발밑에도 하얀 눈이 쌓여 있고, 저멀리 보이는 나뭇가지 위에도 하얀 눈이 쌓여 있다. 내 눈앞에는 바위 하나가 있다, 앉고 싶은 사람들을 위해 존재하는 듯한 크고 둥그런 바위가. 나는 잠시 쉬어야 한다. 나는 바위에 앉아 쉬어야 한다. 하지만 이렇게 추운데 바위에 앉아도 될까. 지금도 이처럼 사시나무 떨듯 온몸을 떨고 있는데. 하지만 나는 너무 피곤하다. 바위에 앉아 쉬어야 한다. 나는 바위로 다가가 앉는다. 그럼에도 여전히 피곤하고, 여전히 추위에 몸이 떨린다. 아니, 조금 전 바위 앞에 서서 바위를 바라볼 때보다, 나무 사이에서 걸음을 옮길 때보다 훨씬 더 춥다. 그렇다면 바위에 앉아 있는 건 별 의미가 없다. 제대로 쉴 수도 없고, 몸은 점점 더 얼어붙기 시작한다. 나는 몸을 일으켜야 한다. 이 바위에 계속 앉아 있을 수는 없다. 나는 자리에서 일어난다. 이제 나는 사람을 찾기 위해 계속 걷거나, 다시 차로 돌아가야 한다. 사람은 내일 날이 밝으면 다시 찾아 나서도 될 것이다. 그래, 어쩌면 내일은 따뜻한 햇볕이 내리쬘지도 모른다, 어쩌면 해가 날지도 모른다, 일 년 중 이맘때면 햇살이 꽤 따뜻한 날도 간혹 있으니 말이다. 그렇다면 이제 나는 차로 돌아가는 길만 알면 된다, 문제는 그 길을 내가 모른다는 것이다. 하지만 어느 방향이든 발걸음을 옮기다보면 조금 전 지나왔던 오솔길로 되돌아갈 수 있지 않을까, 그러면 거기서부터는 차가 있는 곳까지 눈 위에 난 내 발자국을 따라 걸으면 될 것이다. 눈 위에 찍힌 발자국은 분명 선명할 테니까. 그렇다, 그렇게 하면 될 것이다. 그렇게 하고 싶다. 그 외에는 내가 할 수 있는 일이 없으니 말이다. 적어도 바위에 앉아 있는 건 피하고 싶다, 그것만은 확실하다. 하지만 이제 숲속은 너무나 캄캄해서 설사 오솔길을 다시 찾는다 하더라도 내가 내 발자국을 볼 수 있을지 확신할 수 없다. 나는 몸을 일으켜야 한다, 어느 방향으로든 계속 걷다보면 나는 다시 오솔길을 찾을 수 있을 것이다. 하지만 나는 어느 쪽으로 가야 할지 알 수 없고, 바로 그 때문에 어느 방향으로 가든 상관없을 것이다. 그저 걷기만 하면 된다. 나는 발걸음을 뗀다. 앞을 향해 똑바로 걷는다. 이것이

잘하는 일인지 나는 확신할 수 없다. 내 몸은 곧 얼어붙을 것이다. 기적이 일어나지 않는다면 나는 완전히 얼어버릴 것이다. 어쩌면 내가 숲속으로 들어온 것은 얼어죽고 싶어서였을까. 아니, 그건 내가 원하는 것이 아니다. 나는 죽고 싶지 않다. 아니, 내가 원하는 것은 바로 그것이 아닐까. 그렇다면 나는 왜 죽고 싶은 것일까. 아니, 내가 원하는 건 그것이 아니기 때문에 온기를 느낄 수 있는 차로 되돌아가려는 것이다. 나는 지금 걷고 있다, 지금 나는 최대한 빨리 걷고 있다, 조금이나마 몸이 따뜻해지는 게 느껴진다, 적어도 바위에 앉아 있을 때보다는 낫다. 나는 계속 걷는다. 이제 조금만 더 가면 내 차가 보일 것이다. 그것이 내가 해야 하는 일이다. 나는 숲속으로 그리 깊이 들어오지는 않았다. 차에서 내려 그리 많이 걷진 않았으니까. 그런데 내가 얼마나 오래, 얼마나 많이 걸었는지는 모르겠다. 어쨌든 그리 먼 거리는 아니었다. 절대 먼 거리는 아닐 것이다. 하지만 이제 숲속은 너무나 어두워져버렸다. 나는 잠시 발걸음을 멈춘다. 나는 눈앞의 어둠 속을 뚫어져라 바라본다, 아무것도 보이지 않는다, 칠흑 같은 어둠뿐이다. 고개를 들어 하늘을 본다, 컴컴한 하늘에는 별도 보이지 않는다. 컴컴한 하늘 아래, 컴컴한 숲속. 나는 꼼짝 않고 서 있다. 나는 아무것도 아닌 소리를 듣고 있다. 하지만 이것은 하나의 표현 방식일 뿐이다. 내가 지금 피해야 할 것이 있다면 그것은 바로 공허한 말이다. 이 어둠은 나를 두렵게 한다. 나는 정말 두렵다. 그런데 이것은 차분하고 조용한 두려움이다. 불안함이 없는 두려움. 하지만 나는 진실로 두렵다. 이것은 다만 한마디 말일 뿐이지 않은가. 나의 내면에 존재하는 모든 것은 일종의 움직임이라 할 수 있다. 그것은 서로 연결되지 않은 수많은 움직임, 헝클어진 움직임, 거칠고 불규칙적이며 고르지 않은 움직임들이다. 그래, 그렇다. 나는 제자리에 서서 눈앞에 자리한, 한 치의 틈도 없이 조밀하고 짙은 어둠 속을 바라본다. 나는 어둠이 변하는 것을 본다, 아니, 어둠이 변하고 있는 게 아니라 어둠 속의 무언가가 어둠과 분리되어 나를 향해 다가오고 있다. 그제야 나는 그것이 자세히 보인다. 무언가가 나를 향해 다가오고 있다. 사람일까. 그게 아니라면 무엇일까. 저것은 사람이 분명하다. 하지만 저것이 사람일 리가 없다. 지금 이 시간, 이곳에 사람이 있을 리는 없다. 그렇다면 무엇일까. 나는 어떤 형체의 윤곽을 보고 있고, 그것은 사람과 비슷하다. 왜냐하면 사람이 아닌 다른 무엇일 리는 없으니까, 안 그런가. 나는 그 자리에 서서 꼼짝도 하지 않는다. 조금이라도 움직일 용기조차 낼 수 없는 것처럼. 주변은 칠흑 같은 어둠에 싸여 있고, 나는 내 앞에 있는 사람과 비슷한 그 무언가의 형체를 본다. 그 밝은 형체의 윤곽은 점점 더 선명해진다. 그렇다, 내 앞의 어둠 속에 하얀 형체가 자리하고 있다. 그것이 얼마나 멀리 떨어져 있는지, 또는 얼마나 가까이 있는지. 그건 확실하게 말할 수 없다. 그것이 가까이 있는지 멀리 있는지 말하기란 쉽지 않다. 하지만 그것은 거기 있다. 하얀 형체. 밝은 빛을 내뿜는 존재. 나는 그것이 나를 향해 걸어오고 있다고 생각한다. 아니, 내게 가까워지고 있다. 그렇다고 걷고 있다고는 할 수 없다. 그저 내게 점점 더 가까워지고 있을 뿐. 그것은 완전히 순백색이다. 이제야 나는 분명히 볼 수 있다. 그것은 완전히 순백색의 알 수 없는 형체다. 순백색의 형체. 칠흑 같은 어둠 속에서 그 윤곽이 너무나 분명하게 드러난다. 밝고 하얀 형체. 반짝이는 순백색의 형체. 나는 가만히 서 있다. 나는 움직이지 않으려고 조심한다. 그저 가만히 조용하게 서 있을 뿐. 밝은 빛을 내뿜는 순백색의 형체. 사람의 형체를 닮은 저것. 저 밝고 하얀 형체 속에 사람이 있는 것일까. 그래, 어쩌면 그럴지도 모른다. 그것이 점점 더 가까워지고 있다. 혹은, 점점 더 멀어지는 것 같기도 하다. 아니, 멀어지지는 않는다, 적어도 그러지는 않는다. 밝고 하얀 형체는 내게 점점 더 가까워진다. 사람의 형체를 닮은 그것이 점점 가까워지고 있다. 나는 그제야 그 형체가 어떤 윤곽이라기보다 하얗고 선명한 공간에 가깝다는 것을 깨닫는다. 그렇다, 하나의 공간. 그것은 점점 더 커진다. 하지만 내게 가까워지고 있는 그것이 사람일 리 없다. 사람이라고는 상상할 수도 없다. 적어도 이 깊은 숲속, 지금 이 시간, 짙은 어둠이 내린 밤에는 말이다. 그것은 사람일 리가 없다. 그렇다면 무엇일까. 하지만 그것은 사람의 형체를 닮았다. 사람의 형체와 비슷하다. 나는 가만히 서 있다. 나는 가능한 한 꼼짝도 하지 않으려고 조심한다. 나는 온몸이 굳어가는 것을 느낀다. 눈앞의 존재는 점점 더 가까워지고, 그렇다, 점점 더 밝은 하얀색으로 빛난다. 나는 깊은 숨을 들이쉰다. 눈을 지그시 감는다. 나는 지금 울창한 숲속에 있고, 날씨는 너무나 추워 온몸이 얼어붙을 지경이다. 앞에서는 그 밝게 빛나는 형체가 나를 향해 가까워지고 있다. 이제는 너무 가까이 있어 마음만 먹으면 손을 뻗어 만질 수도 있다. 하지만 나는 그 존재에 손을 대고 싶지 않다, 설사 손을 뻗어 그 존재를 만진다 한들 아무것도 느끼지 못할 거라고 확신하기 때문이다, 그 존재는 그저 텅 빈 공기 같을 것이다, 하지만 그 존재는 지금 내 눈앞에 서 있다, 1미터도 안 되는 거리에, 나는 그것이 여인일지 모른다고 생각한다, 그 존재가 사람이고 성별이 있다면 말이다. 아니, 그 존재는 성별이 없을 것이다. 그런 존재는 성별이 없다, 왜냐하면 그것은 남자도 여자도 아니기 때문이다. 그렇다면 그 존재는 도대체 무엇일까. 말을 한번 걸어볼까. 하지만 허공에, 그게 뭐든 거기에 대고, 말을 할 수는 없는 일 아닌가. 나는 단지 가만히 서 있을 뿐이었다. 나는 꼼짝도 하지 않았다. 칠흑 같은 어둠 속에서 밝게 빛나는 존재를 바라보았다. 나는 그제야 하얀 윤곽 속에 자리한 그 무언가도 밝게 빛나고 있음을 깨달았다. 윤곽 속에 자리한 모든 것이 순백색의 밝은 빛이었다. 그 빛은 강렬했으나 눈이 아프진 않았다. 오히려 그 빛을 보고 있자니 기분이 좋아졌다. 놀랄 정도로 편안하고 좋았다. 그 하얀 존재와 나. 그에게 말을 걸어볼까. 아니, 저 존재를 향해 다가가볼까. 하지만 그 존재는 내 바로 앞에 서 있고, 내가 그 존재를 뚫고 앞으로 나아갈 수는 없다. 아니, 어쩌면 바로 그것이 내가 해야 하는 일일지도 모른다. 그렇다, 나는 정면에 서 있는 그 존재를 뚫고 지나가야 한다. 하지만 그럴 수는 없다. 그것은 불가능한 일이다. 나는 제자리에 가만히 서 있었다. 내가 보고 있는 것이 현실이라고 할 수는 없었다. 그렇다면 나는 환영을 보고 있는 것일까. 내가 본 것이 환영이고 현실이 아니었다는 말인가. 그 하얀 존재는 현실이 아니었나. 혹시 조심스럽게 그 존재에 손을 대본다면 알 수 있지 않을까. 하지만 그처럼 하얀 존재에 손을 댄다는 것은 있을 수 없는 일이다. 그러면 그 존재는 더럽혀질 것이다. 그처럼 하얀 무언가를 더럽힐 생각을 하다니. 도대체 왜 그런 쓸데없는 생각을 했을까. 사실 처음부터 그 존재에 손을 대볼 마음은 없었다, 그 생각이 저절로 내 머릿속에서 떠올랐을 뿐이고, 그저 하나의 생각에 불과했다, 정말로 해야겠다고 마음먹은 일이 아니었다는 말이다. 절대 아니다. 그래서 나는 온통 하얀 그 존재 앞에 가만히 서 있기만 했다. 솔직히 내가 달리 할 수 있는 일은 없었다. 나는 그저 거기에 꼿꼿이 서 있을 뿐이었다. 문득 놀랍게도 더이상 춥지 않았다. 몸이 떨리지도 않았다. 나는 그 존재가 발산하는 온기를 느낄 수 있었다. 아니, 어쩌면 온기는 그 존재가 뿜어내는 것이 아닐지도 몰랐다. 하지만 그렇다면 왜 나는 그 존재와 마주치기 전보다 지금이 훨씬 더 따뜻할까. 그러고 보니 그 존재가 내게 가까워질수록 점점 더 따뜻해지지 않았던가. 그렇다, 분명 그랬다. 돌이켜보니 그랬다. 그 존재가 더 가까워질수록, 나는 점점 더 따뜻해졌다. 싫든 좋든 그것은 사실이었다. 외면할 수 없는 사실이었다. 그런데 이 순백색의 존재는 왜 숲속에 서 있었던 것일까. 게다가 그것은 어둠 속에서 갑자기 내게 다가왔고, 이제 내 바로 앞에 서 있었다. 그 존재는 처음엔 밝게 빛나는 하얀 윤곽에 불과했지만, 지금은 온통 밝게 빛나는 하나의 형체로 변했다. 하지만 나는 순백색으로 밝은 빛을 내뿜는 이 존재 앞에 무작정 가만히 서 있을 수

는 없었다. 그럴 수는 없는 일이다, 그래, 절대 안 될 일이
다. 갑자기 내 어깨를 누르는 손길 비슷한 것이 느껴졌다,
그것은 언뜻 무겁게 느껴지기도 했지만 한편으로는 매우
가볍기도 했다. 아니, 그것이 정말 손이었을까. 손은 어디에
도 보이지 않았지만, 내 어깨를 누르는 것은 손처럼 느껴졌
다, 그게 손이 아니라면 도대체 무엇이란 말인가. 잠시 후,
나는 어깨를 감싸는 팔 같은 것을 느낄 수 있었다, 그것은
팔이 틀림없었다, 내 어깨를 감싼 팔은 가벼웠지만 분명
그 무게를 느낄 수 있었다. 나는 최대한 가만히 서 있었다,
꼼짝도 하지 않은 채, 아니, 적어도 가능한 한 꼼짝도 하지
않으려 애쓰며 가만히 서 있었다. 그 외에 해야 하는 일이,
할 수 있는 일이 뭐가 있을까. 내가 몸을 돌려 그 빛나는
존재로부터 도망쳐 칠흑같이 어두운 숲속으로 도망칠 수
는 없었다. 그래봤자일 테니까. 그러면 이 존재가 나를 따
라오지 않겠는가. 아니, 어쩌면 나는 지금 이 빛나는 존재
의 일부가 되어버렸는지도 몰랐다. 하지만 어떻게 이런
일이 가능하단 말인가. 빛나는 존재의 팔, 어쩌면 팔이 아
닐지도 모르는 그 무언가는 어느새 내 몸의 일부가 되어

버린 것 같았다, 정말 그렇게 된 건지 알아내려면 나는 몸을 움직여야 했다, 하지만 나는 몸을 움직이고 싶지 않았다, 내가 몸을 움직이는 것은 마치 금지된 일처럼 느껴졌고, 너무나 명백하고 절대적으로 여겨졌다. 나는 꼼짝도 않고 가만히 서 있었다. 소리 없이 규칙적으로 숨을 쉬었다. 온통 하얗게 빛나는 존재를 내 숨소리로 방해하고 싶지 않았기 때문이다. 문득 빛나는 존재가 내 어깨에 올려놓았던 팔을 조심스레 들어올리는 것이 느껴졌다. 그와 동시에 나는 내가 눈을 감고 서 있다는 것을 깨달았다, 얼마나 오래 그렇게 서 있었는지는 알 수 없었다, 나는 눈을 떴고 하얗게 빛나는 존재는 더이상 보이지 않았다. 주변을 둘러보았지만 그 존재는 어디에도 보이지 않았다. 나는 이제 몸을 움직일 수 있었다, 고개를 돌려 칠흑 같은 어둠 속을 바라보았다. 눈에 보이는 것은 온통 어둠이었다. 조금 전과 마찬가지로. 그런데 그 존재는 어디로 간 것일까. 그냥 사라져버렸나. 어디론가. 단지 그렇게. 그는 천천히 다가왔다가 재빨리 사라졌다. 칠흑 같은 어둠 속의 나무와, 나뭇가지, 나무들 사이로 땅에 쌓인 하얀 눈밖에 보이지 않는 숲 한가운데에서 도대체 무슨 일이 일어나고 있는가. 여기 있는 것은 그뿐이다. 그것들과 나. 그리고 그 빛나는 존재도 있었다, 하지만 그 존재는 더이상 없다, 아니, 어쩌면 그는 여전히 여기 있는지도 모른다, 단지 내 눈에만 보이지 않을 뿐, 혹은 아예 사라져버렸는지도 모르기에 나는 말한다: 당신 지금 여기 있습니까ㅡ 나는 아무런 대답을 들을 수 없다, 나는 그 존재가 대답을 하지 않는 게 당연하다고 생각한다, 그것이 무엇이든 사람은 아니었고, 그렇다고 혼령이라 할 수도 없었다, 아니, 어쩌면, 어쩌면, 어쩌면, 그건 천사였을지도 모른다, 신의 천사. 그 존재는 너무나도 순수한 흰빛을 발하지 않았던가, 아니, 그것은 악마였을지도 모른다. 악마도 빛을 발하는 일종의 천사니까 말이다, 어쩌면 천사들은 선하든 악하든 모두 빛을 발하는지 모른다. 혹은 모든 천사가 선한 동시에 악한지도 모른다, 정말 그럴지도 모른다. 나는 말한다: 당신 지금 여기 있나요ㅡ 그러자 대답하는 목소리가 들린다: 그렇습니다, 나는 지금 여기 있습니다, 그건 왜 묻죠ㅡ 나는 말한다: 당신은 내가 누군지 아십니까ㅡ 목소리는 자신에게 말을 거는 이유가 뭐냐고 되묻고, 나는 할말을 찾지 못한다, 왜냐하면 질문을 던진 내게 대답을 돌려주던 존재가 방금 본 빛나는 순백색의 존재라고 너무 확신한 나머지 나는 고민해볼 생각조차 하지 않았지만, 지금은 목소리의 주인이 다른 이, 또는 다른 무언가일 거라는 생각이 스쳤기 때문이다. 하지만 이 어두운 숲속에서 그 빛나는 존재 외에 또 무엇이 있을 수 있단 말인가. 아니, 어쩌면 이 숲속에는 나 외에 다른 사람들이 있을지도 모른다. 이 춥고 어두운 숲에 단지 나 홀로 있다고 확신할 수는 없는 일 아닌가, 그렇다, 당연히 그렇게 단정할 수는 없다. 숲은 광대하다. 숲은 하나의 세상처럼 크다. 그리고 나는 지금 이 세상 안에 있다. 이 세상은 어둡다, 너무나 어둡고 컴컴해서 나는 아무것도 볼 수 없다, 너무나 커서 이곳에서 빠져나가는 길도 찾을 수 없다, 너무나 어둡고 컴컴해서 아무것도 볼 수 없는데, 아니, 저기, 저 위에 어느새 달이 모습을 드러냈다, 둥글고 온화한 달, 어느새 하늘에는 별들도 모습을 드러낸다, 수많은 별, 선명한 별들, 반짝이는 별들. 노란 달빛과 하얗게 반짝이는 별들. 아름답다. 그보다 더 적당한 말은 찾을 수 없다, 적어도 내겐 그렇다. 아름답다. 조금 전까지만 하더라도 하늘에는 아무것도 보이지 않았다, 당연한 일이다, 왜냐하면 조금 전에는 눈이 내리고 있었으니까, 눈이 내리면 하늘을 볼 수 없다, 달이 있다 하더라도 달을 보기도 쉽지 않다, 별도 마찬가지다, 왜냐하면 달과 별은 맑은 하늘에서만 볼 수 있기 때문이다. 그런데 나는 왜 이런 생각을 하는 걸까, 지금 내가 하는 생각은 너무 당연한 것이기에 생각할 가치도 없는데, 그저 이치가 그런 것인데. 그게 세상의 이치인데. 이제 달이 빛을 발하고 있다, 별도 빛을 발하고 있다, 그저 눈이 그쳤기 때문이다. 당연한 일이다. 그 이상도 그 이하도 아니다. 그런데 방금 내게 무슨 일이 있었던 것일까, 내가 보았던 것은 순백색으로 빛을 발하는 존재가 아니었던가. 그렇다, 나는 분명 그 존재를 보았다. 하지만 내가 그것을 보았을 리 없다, 왜냐하면 그런 것은 존재하지 않고 존재할 수도 없기 때문이다, 그 존재는 모든 상식에 어긋나는 일이다. 나는 그런 존재를 본 적이 없다. 그렇다면 내가 본 것은 과연 무엇이란 말인가. 환영이었을까, 그럴지도. 내가 일종의 환영을 본 것일까. 그렇다, 내가 본 것은 환영이 틀림없다. 사실 이처럼 칠흑 같은 어둠 속에서 숲을 빠져나갈 길도 찾지 못하고 홀로 덩그러니 서 있으니 환영을 보았다 해도 그리 이상한 일은 아닐 것이다. 나는 사방팔방을 헤맸다, 적어도 나는 그랬다고 생각하지만, 확신할 수는 없는 일이다. 내가 알 수 있고 아는 것이라곤, 내가 정처없이 계속 걸었으며, 수차례 방향을 바꾸어 다시 걸었다는 것이다. 그러니 나는 여러 방향으로 걸었을 것이다, 물론 사방팔방으로 다 걸어보지는 않았을 것이다, 그랬다면 벌써 내 차가 있는 곳으로 되돌아가 있었을 테니까. 그리고 그렇게만 했다면 지금쯤 따뜻하고 편안하게 차 안에 앉아 있었을 테고, 지금처럼 온몸에 눈이 쌓여 하얗게 변해버리는 일도 없었을 것이다. 방금 내가 보았던 그 순백색의 존재처럼, 아니, 내가 보았던 것은 환영이었을지도 모른다, 더 정확하게 말하자면 나는 환상 속에서 그 무언가를 보았을 것이다. 어쨌든 하늘의 별들과 달을 보니 기분이 좋다. 그중에서도 가장 아름다운 것은 달이다, 오늘 밤하늘에는 내가 이전에는 단 한 번도 본 적 없는 샛노랗고 온화하고 둥그런 달이 떠 있다. 커다랗고 부드럽고 노란 달, 아, 방금 내가 무슨 말을 하려 했던가, 기억이 나지 않는다, 내가 하고 싶었던 말은 순백색으로 빛나던 존재처럼 순식간에 사라져버렸다. 어쩌면 그것은 사라진 것이 아니라 단지 내게 보이지 않을 뿐인지도 모른다. 어쩌면 달빛과 별빛이 어둠을 몰아냈기에 그 존재를 볼 수 없는지도 모른다. 그렇다, 그럴 수도 있을 것이다. 그렇다면 나는 그가 여기 있는지 다시 물어봐도 될 것이다. 해가 되는 일은 아닐 테니까. 그래서 나는 말한다: 당신은 지금 여기 있나요— 아무런 대답도 들리지 않는다. 대답을 기대했던 것은 아니지만, 나는 다시 한번 더 물어보기로 마음먹고 말한다: 여기 누구 없나요— 내 귀에 들리는 것은 나는 여기 있다고 말하는 작은 속삭임인가, 아마도 그런 것 같다, 하지만 그저 나의 상상일지도 모른다, 내가 들은 것은 분명한 목소리와는 거리가 멀었기 때문이다, 그리고 다시 누군가의 말소리가 들린다: 나는 여기 있습니다, 나는 항상 여기 있고, 여기에는 항상 내가 있습니다— 나는 깜짝 놀란다, 분명내 귀에 들린 것은 사람의 목소리다, 매우 가늘고 연약한 목소리지만, 온화함과 깊은 충만함이 느껴지는 목소리, 그래, 사랑이라 부를 수 있는 그 무언가가 담겨 있는 목소리다. 사랑, 내가 이따위 단어로 무엇을 말할 수 있을까, 이 세상에서 아무 의미가 없는 단어가 있다면 바로 이 사랑이라는 단어인 것을. 나는 지금 허튼소리를 지껄이고 있다, 추위와 이 어두운 숲속에 갇혀 있다는 두려움 때문일 것이다. 하지만 사실 나는 갇혀 있지 않다. 내가 깊은 숲속에 있는 것은 사실이지만, 갇혀 있다고 말할 수는 없다, 단지 숲에서 나갈 수 있는 길을 찾지 못했을 뿐이다, 이것은 갇혀 있는 것과는 확연히 다르다, 어딘가에 갇힌다는 것은 타의에 의한 것이다, 자신을 스스로 가둘 수는 없다, 아니, 스스로 가두는 일도 가능할까, 만약 그렇다면 나는 지금 내 의지와는 상관없이 갇혀 있다고 말해야 할 것이다, 그렇다, 나는 내 의지와는 상관없이 스스로 나를 가두었다, 이 깊은 숲속에, 나는 본의 아니게 나 자신을 가두었다고도 할 수 있을 것이다. 하지만 이 모든 것은 일종의 표현 방식일 뿐이다. 단어와 단어, 말과 말. 지금 나는 홀로 있다, 이 깊은 숲속에 나는 완전히 홀로 서 있다. 아니, 어쩌면 나는 혼자가 아닐지도 모른다, 왜냐하면 내가 방금 무언가 또는 누군가와 대화를 나눴기 때문이다, 나는 말한다: 당신 거기 있나요—
아무런 대답을 듣지 못해 나는 말한다: 거기 누구 있나
요— 그리고 절망감 비슷한 것이 몰려와서 나는 말한다:
대답해봐요, 내게 대답을 해주세요, 내가 지금 당신한테 말
을 걸고 있잖아요, 우리는 방금 대화를 나눴어요, 여기 이
자리에서— 나는 몸을 돌려 주위를 둘러보지만 아무도 보
이지 않는다, 단지 크고 둥그런 노란 달빛과 셀 수 없이 반
짝이는 별빛 아래, 가지에 눈을 이고 서 있는 나무와 나무
뿐이다, 그리고 나는 나무 바로 아래가 아니라, 나무와 나
무 사이 어딘가의 눈 쌓인 땅에 서 있다, 너무 추워 얼어붙
은 채 서 있는 사람. 나는 날이 더 어두워지기 전에, 더 피
곤해지기 전에, 얼른 이 숲에서 나가야 한다. 숲에서 나가
지 못한다면 무슨 일이 생길지 알 수 없으니 말이다. 나는
홀로 살고 있다, 그러니 나를 찾는 사람도 없을 것이다, 설
사 나를 찾는 사람이 있다 하더라도 그는 내가 어디 있는
지 모를 것이다, 나를 찾기 위해 이 숲속까지 들어오는 사
람은 아무도 없을 것이다, 애초에 도대체 누가 나를 찾아
올까, 사실 누군가 마지막으로 나를 방문한 게 언제인지도

기억나지 않는다, 그런 기억을 더듬어보고 싶지도 않다, 적어도 지금은 그렇다, 지금은 생각해야 할 다른 것들이 있다, 그래, 지금 내가 생각해야 할 것은 단 하나, 과연 어떻게 해야 내가 이 숲에서 빠져나가 다시 내 차를 찾을 수 있을지, 또는 트랙터로 내 차를 빼내줄 사람을 찾을 수 있을지 그뿐이다, 그렇다, 트랙터가 있어야 한다, 눈이 이렇게 많이 내린 상황에서 평범한 승용차를 끌고 이 숲길까지 들어오려는 사람은 없을 테니까, 그렇다, 아무도 그러려고 하지 않을 것이다, 어쩌면 트랙터를 소유한 사람을 만난다 하더라도 그가 이 캄캄한 밤에 선뜻 내게 도움을 줄 것 같지는 않다, 어둠과 눈 때문에 도로경계선을 보기도 쉽지 않을 테니 말이다, 그렇다, 설사 트랙터를 소유한 사람을 찾는다 하더라도 오늘밤, 날이 밝기 전에 도움을 받기는 어려울 것이다. 하지만 지금 가장 중요한 것은 당연히 이 숲에서 빠져나가 사람들이 있는 곳으로 가야 한다는 것이다, 사람이 사는 집, 언 몸을 녹일 수 있는 따뜻한 집을 찾아야 한다, 나는 배가 고프고 목도 마르다, 사람들을 만나면 먹을 것과 마실 것을 얻을 수 있을 것이다, 그리고 언 몸을 녹일 수도

있을 것이다, 날이 추우니 난로를 피워놓았을 것이다. 따뜻
하고 아늑한 거실에는 불빛이 환히 밝혀져 있을 것이다. 분
명 그럴 것이다. 이제 나는 사람들을 찾아 나서야 한다. 나
는 앞을 향해 걷기 시작한다, 누군가, 아니 무언가가 내 곁
에서 함께 걷고 있다는 느낌이 스친다, 분명 그 빛나는 순
백색의 존재일 것이다. 틀림없다. 하지만 옆이든, 뒤든, 어
쨌든 나는 보고 싶지 않다. 물론 나는 내 곁에서 또는 내 뒤
에서 나와 함께 걷는 이가 누구인지 물어볼 수도 있지만,
그럴 수는 없을 것 같다, 아니, 내가 그럴 수 없는 까닭은
무엇인가. 얼마든지 그럴 수 있다. 나는 말한다: 당신은 누
구십니까— 아무런 대답도 들리지 않는다, 그러니 아무도
없는 것이 틀림없다, 하긴 누가 있어야 할 이유도 없다. 나
는 다시 말한다: 당신은 누구시지요— 그러자 목소리가 대
답한다: 나예요— 나는 목소리의 주인이 조금 전 보았던
그 순백색의 존재라고 생각한다, 그렇다, 내게 대답한 건
바로 그 존재일 것이다, 그는 지금 내 곁에서 함께 걷고 있
을 것이다, 어쩌면 뒤에서 걷는지도 모른다. 나는 말한다:
당신이 나한테서 원하는 게 뭔가요— 존재는 대답하지 않

는다. 나는 말한다: 아무 말도 하지 않을 작정인가요. 그러자 존재가 말한다: 말할 수 없습니다. 나는 말한다: 그건 왜죠— 존재는 대답하지 않는다. 나는 말한다: 정말 아무 말도 할 수 없나요— 존재는 그렇다고 답한다. 나는 말한다: 그렇다면 당신은 왜 나를 따라오고 있나요. 존재가 말한다: 나는 당신을 따라가고 있지 않습니다. 나는 말한다: 그럼 당신은 뭘 하고 있는 거죠. 존재가 말한다: 나는 당신과 함께 있습니다— 나는 존재에게 뭔가 물어본다는 게 아무런 의미가 없다는 생각이 든다. 그런데 그가 말한 대로 그는 왜 나를 따라오는 것일까. 나는 말한다: 당신은 왜 나와 함께 있습니까. 존재가 말한다: 그건 말할 수 없습니다. 나는 말한다: 그건 왜죠. 존재가 말한다: 내가 할 수 없는 일이니까요— 나는 그에게 계속 질문을 던져봤자 같은 말만 반복될 거라는 생각에 더는 신경쓰지 않기로 마음먹는다. 잠시 후 나는 말한다: 혹시 당신이 나를 사람들이 있는 곳으로 데려다줄 수 있나요— 존재는 대답하지 않는다. 나는 말한다: 나를 숲에서 데리고 나가줄 수 있나요— 존재는 여전히 묵묵부답이다, 나는 생각한다, 그렇다면 뭐, 말하고 싶지 않다면 말하고 싶지 않은 거지, 하지만 그가 내게 몇 차례 대답을 해준 건 사실이고, 그러니 그가 적어도 내 곁에서, 또는 내 뒤에서 따라오고 있다는 것은 의심의 여지가 없다. 그런데 그는 도대체 누구일까. 도무지 알 수가 없다, 그가 누구인지 직접 물어볼 수도 없는 일이다, 아니, 물어볼 수는 있는 일이었던가. 나는 말한다: 당신은 누구인가요. 존재가 말한다: 나는 나일 뿐입니다— 그 대답을 전에도 들어본 적이 있는 듯하지만, 어디서 들었는지는 기억나지 않는데, 어쩌면 어디서 읽었는지도 모른다. 나는 이제 존재에 관해선 더이상 신경쓰지 않기로 결심한다, 그가 누구인지도 더는 생각하지 않을 것이다. 나는 이 숲에서 빠져나가야 한다, 이곳에 아주 오래 있었다는 생각이 든다, 적어도 느끼기에는, 한없이 오래도록, 하지만 지금은, 적어도 앞이 보일 정도로 밝다, 크고 둥그런 보름달 덕분이다, 갑자기 달이 다시 나타났고, 달이 나오기 전까지는 아무것도 보이지 않았지만, 이제는 칠흑 같은 어둠이라기보다 캄캄한 한밤중의 어둠인데, 만약 칠흑 같은 어둠이었다면 내가 어디로 가고 있는지 몰랐을 테고, 비록 내가 어디로 가고 있는지는 알 수 없어도 이제 적어도 발 딛는 곳이 보이기는 한다. 문득, 저기 앞에. 저 앞에 무언가가 나를 향해 다가오고 있는 것 같다. 한데 거리가 꽤 멀어서 그것이 무엇인지 정확히 볼 순 없다, 내 눈에 보이는 것은 숲속의 어둠보다 좀더 짙은 형체다, 자세히 보니 그것은 나를 향해 다가오는 두 명의 사람 같다. 하지만 지금 여기, 깊고 어두운 숲 한가운데에 사람이라니, 아니, 저것이 두 명의 사람일 리는 없다, 하지만 사람이 아니라면 뭐란 말인가, 그렇다, 분명 두 명의 사람일 것이다. 그들에게 다가가볼까, 저것이 사람이라면, 여기 숲 한가운데에서 동행을 찾는다면, 그보다 더 좋은 일은 없을 것이다. 혹시 두 명이 동시에 길을 잃은 것은 아닐까, 아니, 그럴 리가 없다, 저들은 근처에 사는, 저녁 산책을 나온 사람일 것이다. 하지만 이처럼 캄캄하고 추운 밤인데. 그것도 눈 쌓인 숲에서 산책을 하는 사람도 있을까. 아니, 있을 수 없는 일이다. 적어도 현명한 사람이라면 그런 일은 하지 않을 것이다. 하지만 이 세상 모든 사람이 현명할 수는 없다, 우선 나만 봐도 그렇다, 나는 숲 한가운데로 차를 몰고 들어왔고, 늦가을, 늦은 저녁 시간, 쌀쌀한 날씨에도 불구하고 차에서 내려 숲속으로 걸어들어왔다. 현명한 사람이라면 그런 일은 하지 않을 것이다. 어쨌든, 그렇다, 저 앞에서 나를 향해 다가오는 것은 두 명의 사람이 확실하다, 그들은 이 숲속에서 무엇을 하고 있을까, 나는 이 숲속에서 무엇을 하고 있을까. 내가 이 숲속에서 무엇을 하고 있는지 알 수 없듯이 그들이 이 숲속에서 무엇을 하고 있는지도 나는 알 수 없다. 어쩌면 그들 또한 나처럼 자신들이 숲속에서 무엇을 하고 있는지 모를 수도 있다. 그들도 숲에서 길을 잃은 건 아닐까, 그럴 수 있다. 나는 그들에게 다가간다, 보아하니 그들도 나를 향해 다가오는 것 같다. 그리고 저렇게 딱 붙어서 걷는 걸 보니 분명 연인일 것이다, 서로 손을 맞잡은 건지, 한 사람이 다른 한 사람의 팔을 붙잡은 건지는 모르겠지만. 두 사람은 연인인 것 같다. 둘 중 조금 더 큰 쪽이 남자일 것이다, 물론 그 반대일 수도 있다, 여자 쪽이 더 클 수도 있다. 나는 연인에게 다가가고, 연인은 내게 다가온다. 내가 연인들에게 다가가고 있을 뿐 아니라 연인들도 나에게 다가오고 있음이 확실하다. 그들은 누구일까. 도대체 그들은 누구란 말인가. 어쨌든 이 깊은 숲속에서 사람들을 보니 기분이 좋았다. 그들이 점점 더 가까이 다가온다. 아니, 어쩌면 나만 그들에게 다가가는지도 모른다. 적어도 나는 그들에게 다가가고 있고, 내 생각엔 그들도 나를 향해 다가오고 있는 듯하다. 그래, 분명 그럴 것이다. 하지만 그들은 누구일까. 도대체 누구란 말인가. 짙은 어둠 때문에 그들의 얼굴이나 옷을 자세히 보기는 어렵다. 우리는 점점 가까워진다. 그들과의 거리가 충분히 가까워지면 그들의 얼굴과 옷을 자세히 볼 수 있을 것이다. 그러면 그들이 누구인지, 혹시 안면이 있는 사람들인지 알 수 있을 것이다. 어쩌면 나는 그들과 아는 사이일지도 모른다. 아니, 설마, 그럴 리는 없을 것이다. 도대체 나는 왜 이처럼 당연한 생각을 하고 있을까. 피곤에 지쳐 그런 것일까. 어쩌면 추위 때문에 이처럼 쓸데없는 생각을 하는지도 모른다. 나는 평소 이렇게 무의미한 생각을 하는 사람이 아니다. 내 생각은 평소 바르고 명확하다. 항상 그랬다. 나는 철학자라 해도 과언이 아니다. 나는 지금 엄청난 자화자찬을 늘어놓고 있다. 평소에 나는 이러지 않는다, 자화자찬을 하지 않는다는 말이다. 숲속에, 이 깊은 숲속에 있지 않은 평소의 나라면 말이다. 평소와는 달리 지금 내가 생각을 명확히 정리하지 못하는 것은 분명 추위 때문일 것이다. 다른 이유는 도무지 생각나지 않는다. 어쨌든 지금 확실한 것은 내가 두 사람에게 다가가고 있다는 것, 그들도 내게 다가오고 있다는 것이다. 보아하니 그들은 나이가 지긋한 연인 같다. 나이든 부부일지도 모른다. 그럴 것이다. 그렇다, 그들은 나이가 지긋한 부부다. 이제 나는 그들을 똑똑히 볼 수 있다. 하지만 저들은 나를 보지 못한 것인가, 그들은 아직 나의 존재를 알아채지 못한 것 같다. 하지만 분명 나를 보았을 텐데. 그들을 향해 소리를 질러볼까. 그렇게 해도 될 것이다. 아니, 그러면 경우에 맞지 않을지도 모른다. 숲속에서는 크게 소리를 지르면 안 된다는 말을 어디서 들었던 기억이 난다. 나는 부부처럼 보이는 나이 지긋한 남녀 한 쌍을 향해 계속 다가간다. 그들이 부부인 것은 확실하다. 그들에게 말을 걸어봐야겠다. 나는 소리친다: 안녕하세요. 그러자 소리가 들린다: 안녕하세요. 나는 소리친다: 거기 누가 있나요— 그렇다고 대답하는 희미한 목소리는 나이 많은 여인의 것이다. 뒤이어 들려오는 것은 똑같이 그렇다고 대답하는 남자의 목소리다. 침묵이 뒤따른다. 완벽한 침묵. 너무나 조용해서 손에 만져질 것 같은 침묵 속에서, 나는 발걸음을 멈춘다. 나는 제자리에 서서 침묵에 귀를 기울인다. 마치 침묵이 내게 말을 거는 것 같다. 하지만 침묵이 말을 거는 일은 있을 수 없다. 아니, 어떤 면에서 보자면 침묵도 말을 할 수 있다. 그리고 그 침묵에서 들리는 목소리, 그것은 누구의 목소리인가. 그것은 단지 목소리일 뿐이다. 그 목소리를 다른 말로 설명하는 것은 불가능하다. 목소리는 그냥 거기 있다. 아무 말도 하지 않지만 거기 있는 것은 분명하다. 그리고 외치는 목소리가 들린다: 거기 있었구나— 나는 그것이 나이 많은 여인의 목소리라는 것을 깨닫는다. 목소리가 다시 말한다: 거기 있었어. 목소리가 말한다: 마침내 찾았구나— 나는 그녀가 무슨 까닭으로 그렇게 말하는지 모르겠다. 나를 찾아 나선 사람은 아무도 없을 텐데. 목소리가 말한다: 이제 찾았으니 됐어— 나는 아무것도 이해할 수 없다. 이 깊은 숲속에서 들려오는 목소리가 누구의 것인지도 알 수 없다. 나는 소리친다: 당신은 누구십니까. 목소리가 말한다: 모르겠니, 나는 네 엄마야, 네 엄마 목소리를 모르겠니, 어떻게 자기 엄마 목소리를 모르니, 자기 엄마 목소리도 모른다는 게 믿기 힘들구나— 나는 어머니 목소리를 너무나 잘 알기에 그것이 내 어머니 목소리일 리 없다고 생각한다, 그래도 나는 대답을 해야 한다, 그저 가만히 서 있을 수만은 없다. 나는 말한다: 저예요. 그녀가 말한다: 그래, 너구나. 나는 말한다: 그런데 이 숲속에는 무슨 일로 오셨어요. 목소리가 말한다: 너를 찾으러 왔지. 나는 말한다: 나를 찾으러 왔다고요— 목소리는 그렇다고 대답하고, 나는 이유가 무엇이냐고 묻는다. 목소리가 말한다: 왜냐하면 넌 지금 이 숲속에 있으면 안 되기 때문이란다— 나는 그러냐고 말한다. 목소리가 말한다: 그 정도는 너도 잘 알잖아— 나는 그렇다고 대답한다. 목소리가 말한다: 지금 숲속은 너무 추워, 그리고 너무 어두워. 나는 말한다: 맞아요, 정말로 그래요. 목소리가 말한다: 얼른 집으로 돌아가야 해. 나는 말한다: 하지만 집으로 가는 길을 못 찾겠어요. 목소리가 말한다: 길을 잃은 모양이구나. 나는 말한다: 네, 맞아요, 그런 것 같아요. 목소리가 말한다: 그래서 우리가 너를 도우러 왔단다. 나는 말한다: 고맙습니다, 정말 고맙습니다— 나는 그제야 내 앞에 서 있는 나이 많은 부부의 모습을 똑똑히 볼 수 있다. 아, 내 앞에 서 있는 사람은 바로 내 어머니다. 의심의 여지가 없다. 다른 사람일 리가 없다. 어머니, 나의 어머니다. 그녀의 옆에 서 있는 사람은 나의 아버지다. 그는 어머니의 팔을 잡고 있다. 보아하니 지금 무슨 일이 일어나고 있는지 그는 잘 모르는 것 같다. 그저 자신의 앞쪽만 멍하니 바라보고 있다. 아무것도 없는 텅 빈 곳을. 어쩌면 나 또한 아무것도 없는 텅 빈 곳을 바라보고 있는지도 모른다. 물론 그럴 것이다. 나는 그곳에 가만히 서 있다. 움직이지 않으려고 애쓴다. 나는 어머니와 아버지가 내게로 점점 더 가까이 다가오는 것을 본다, 여인의 목소리가 들린다: 넌 왜 거기 가만히 서 있니, 그렇게 서 있지 마라, 그렇게 서 있으면 안 돼, 행동을 바로 해야지— 나는 그녀가 무슨 까닭으로 그런 말을 하는지 생각에 잠긴다, 왜 나는 여기 가만히 서 있으면 안 되는가, 행동을 바르게 해야 한다는 말은 무슨 뜻인가. 왜 나는 여기 가만히 서 있으면 안 되는가, 그리고 왜 여기 가만히 서 있는 게 행동을 바로 하지 않는 것인가. 도대체 내가 무슨 잘못을 했길래.

샤이닝 51

이처럼 꼼짝도 않고 가만히 서 있는데 아무리 잘못해봐야 얼마나 잘못할 수 있을까. 나는 아무 짓도 하지 않았다. 나는 그저 제자리에 가만히 서 있을 뿐이다. 그것이 왜 잘못된 일이란 말인가. 그다지 나쁜 일도 아니지 않은가. 목소리가 다시 외친다: 거기 가만히 서 있지만 말고 뭐라도 해봐, 넌 거기 그렇게 가만히 서 있으면 안 돼, 무엇이든 하란 말이야— 목소리의 주인은 내 어머니고, 나는 부모님을 향해 걷기 시작한다. 어머니가 말한다: 네가 우리를 만나러 오고 있으니 다행이다, 적어도 네가 그 정도는 하고 있으니 말이야— 나는 아무 말도 하지 않으리라 마음먹는다, 하고 싶은 말이 없는 게 아니라 아무 말도 하고 싶지 않기 때문이다, 게다가 무슨 말을 해야 할지 모르겠다, 어쩌면 그들에게 왜 오늘 저녁, 이처럼 늦은 시각에 늦가을 또는 초겨울의 춥고 어두운 숲속을 거닐고 있는지 물어볼 수도 있을 것이다, 그래, 그렇게 물어보면 될 것이다. 나는 말한다: 그런데 왜 이 숲에 오셨어요. 그녀가 말한다: 그런 질문을 하다니, 네가 그런 걸 묻다니 믿을 수가 없구나. 나는 말한다: 그건 왜죠. 그녀가 말한다: 그건 너 역시 이 숲에 왔으니까

하는 말이야— 나는 그렇다고 대답한다. 그녀가 말한다: 너는 이 숲에서 뭐하고 있니, 얼어죽기 전에 얼른 집으로 돌아가— 나는 숲에서 나가는 길을 찾지 못했다고 말할지, 어디로 가면 숲에서 나갈 수 있는지 아느냐고 물어볼지 망설인다, 하지만 그녀가 알 리 없다, 만약 그녀가 길을 알고 있었다면 지금 이 시간에 숲속에 있을 리가 없을 테니 말이다, 나는 말한다: 그런데 혹시 숲에서 나가는 길을 아시나요— 그녀가 말한다: 나는 몰라, 하지만 이 사람은 알 거야, 그녀가 고개를 돌려 아버지를 쳐다보며 말을 잇는다: 당신은 숲에서 빠져나가는 길을 알죠— 그는 고개를 젓는다. 그녀가 말한다: 당신도 모른단 말인가요— 그는 그렇다고 대답하고, 그녀는 그가 분명 길을 알 거라 확신했다고 말한다, 그가 항상 길을 잘 찾았다고, 그가 길을 찾지 못했던 적은 단 한 번도 없었다고, 그 때문에 그가 길을 알 거라 믿었다고 말한다, 그녀는 그가 길을 모를 거라는 생각은 전혀 못했다고 말하며 발걸음을 멈춘다, 그녀는 잡고 있던 아버지의 팔을 놓고 그의 얼굴을 쳐다본다, 그녀는 겁에 질린 목소리로 말한다: 당신도 길을 모른다고요, 정말 집으로 가

는 길을 몰라요— 아버지는 고개를 절레절레 젓는다. 그녀
가 말한다: 그렇다면 왜 우리가 이 깊은 숲속으로 들어왔
죠— 아버지는 대답하지 않고, 가만히 서 있기만 한다. 그
녀가 말한다: 말해봐요. 그가 말한다: 우린 이 숲속에 함께
들어왔잖아요. 그녀가 말한다: 아니요, 당신이 이 숲속으로
나를 데려왔어요. 그가 말한다: 하지만 저애를 찾고 싶어한
건 당신이었잖아요. 그녀가 말한다: 그렇다면 당신은 저애
를 찾고 싶지 않았다는 말인가요. 그가 말한다: 물론 나도
찾고 싶었지요— 아버지는 고개를 숙이고 있고 어머니는
서서 그를 보고 있다, 두 사람은 한동안 그렇게 서서 아무
말도 하지 않는다. 그녀가 말한다: 그럼 이제 우리도 이 깊
은 숲속에서 저애와 같이 얼어죽으면 되겠군요— 그가 말
한다: 어쩌면 그렇게 되겠지요, 그래요, 정말 춥군요, 우리
가 걸어와 다다른 이 추운 숲속은 어둡고 깊어요. 그녀가
말한다: 당신은 나가는 길도 모르면서 왜 나를 이 숲속 멀
리까지 데려왔나요. 그가 말한다: 이 숲속으로 나를 데려온
건 바로 당신이었잖아요. 그녀가 말한다: 듣고 보니 당신
말이 맞아요— 다시 침묵이 내려앉았다. 그녀가 말한다:

우린 이 숲속에 함께 들어온 거예요— 그는 대답하지 않고, 나는 제자리에 가만히 서서 그들을 바라본다, 그들은 부쩍 늙어 보이고 몹시 피곤해 보인다, 그처럼 짧은 시간에 어쩜 이렇게나 많이 늙어버릴 수 있을까, 내가 그들을 마지막으로 본 건 그리 오래전의 일이 아니다, 아니, 어쩌면 꽤 오래전일지도 모른다, 몇 년 전이었던가, 아니, 어쩌면 불과 몇 달 전일지 모른다, 아니 몇 주 전, 며칠 전이었던가, 어쨌든 몇 시간 전이 아닌 것은 분명하다, 그 정도는 확실히 알고 있다, 하지만 그게 언제였는지 정확하고 정확하고 또 정확하게 말하기는 쉽지 않다, 어쨌든 이 경우, 이 또한 하나의 단어에 불과하다, 이보다 더 부정확한 단어를 생각해내기도 힘들다, 그래, 내가 그들을 마지막으로 본 게 언제였더라, 기억나지 않는다, 하지만 어쨌든 나는 지금 그들을 바라보고 있다, 아니, 내가 그들을 보고 있다는 것은 분명한 사실인가, 어쩌면 이것은 내 머릿속에서 만들어진 상상 속의 장면일지 모른다, 그럴 수도 있을 것이다, 아니, 그럴 리가 없다, 저기 내 앞에 서 있는 사람은 다른 누구도 아닌 바로 내 어머니와 내 아버지다, 게다가 나는 저들과 대화도 나누었고, 그들이 서로에게 말하는 것도 내 귀로 들었다. 보아하니 나를 찾으러 온 것 같다. 그들이 그렇게 말하지 않았던가, 그렇다, 그들은 나를 찾으러 왔다. 나는 말한다: 나를 찾으러 오셨죠— 아무런 대답도 없다. 나는 분명 그들이 거기 서 있는 것을 보고 있는데도, 그들은 나를 바라보기만 할 뿐 내가 말을 걸어도 대답하지 않는다, 그들은 내게 대답해야 한다, 나는 적어도 그들이 낳은 아들이 아닌가, 나는 말한다: 제가 뭘 물어보면 대답을 해주셔야죠, 대답해보세요, 거기 가만히 서 계시지만 말고 무슨 말이라도 해주세요, 제게 대답을 해주시란 말예요— 내 귀에 들리는 내 목소리는 애원하는 듯하다, 불쌍하고 처량한데다, 완전히 울먹이고 있고, 무기력하게 들리기까지 한다, 마치 내 목소리가 아닌 것 같다, 마치 내가 모르는 사람이, 완전히 낯선 누군가가 나를 통해 말하는 것 같다. 어머니가 말한다: 왜 거기 가만히 서 있기만 하니, 나는 아무 말도 하지 않는다— 어머니가 아버지를 흘낏 쳐다보더니 나를 향해 말한다: 무슨 말이라도 해보렴, 왜 가만히 서서 아무 말도 하지 않는 거니, 말을 할 수 없는 거니, 혹시 말하는 걸 잊

어버린 건 아니겠지, 무슨 말이라도 해보란 말이다— 그리고 어머니는 아버지를 보며 말한다: 당신도 무슨 말 좀 해봐요— 아버지는 아무 말도 하지 않는다. 그러자 어머니는 말한다: 변한 게 하나도 없군요, 당신은 항상 그랬어요, 지금도 마찬가지예요, 당신 아들이 앞에 있는데, 당신 아들이 코앞에 있는데 아무 말도 하지 않는군요, 무슨 말이라도 해봐요, 저애를 향해 우리에게 오라고 해보세요, 그래서 우리가 함께 숲 밖으로 나갈 수 있도록 말예요— 아버지는 그러겠다고 말한다. 어머니가 말한다: 그냥 그러겠다고만 하면 어떡해요— 아버지는 알았다고 말한다, 어머니가 말한다: 다른 말은 할 줄 모르나요— 아버지는 다시 알았다고 말하고 그들은 그저 제자리에 서 있다, 나는 가만히 서 있는 어머니와 아버지를 보며 그들에게 다가가야겠다고 생각한다. 이렇게 멀찍이 떨어져 서로를 멀뚱멀뚱 바라보는 건 아무 의미가 없다. 하지만 나는 가만히 서 있고, 그들도 가만히 서 있다. 우리는 그렇게 가만히 서서 서로를 바라보다가 땅을 내려다보기를 반복한다. 이래서는 안 될 것 같다. 그들에게 다가가야 한다고 나는 생각한다. 하지만 나는 여전히 제자리에 가만히 서 있다, 그리고 어머니가 아버지 팔을 살짝 잡아끄는 게 보인다, 적어도 내 눈에는 그렇게 보인다. 그런데도 그들은 제자리에서 꼼짝하지 않는다. 나 또한 내가 서 있는 곳에서 꼼짝하지 않는다. 고개를 들어 보니 하늘에는 어느새 별들이 모습을 감추었다, 별빛을 가린 구름 때문에 조금 전보다 훨씬 더 컴컴해졌다. 나는 이제 달을 반쯤 가린 구름을 본다, 구름이 움직여 달을 모두 덮어버리는 것을 본다, 사방이 컴컴해지고, 나는 어머니도 아버지도 볼 수 없다. 그들은 어둠 속에서 자취를 감추었다, 어둠이 그들을 완전히 가려버렸다. 나는 어둠 속에 홀로 남아 있다, 조금 전처럼. 아무것도 보이지 않는다. 조금 전까지 내 눈앞에 있던 부모님도 보이지 않는다. 여기에 있었는데. 그들은 어디로 갔을까. 어둠 속에서 사라진 그들을 볼 수 없는 것은 당연하다, 충분히 어둡고 충분히 컴컴해지면 모든 것이 눈에 보이지 않게 되기 때문이다. 이제 구름이 달을 완전히 가리자 아무것도 보이지 않고, 나는 어머니가 소리치는 것을 듣는다: 어디 있니— 뒤이어 아버지의 목소리가 들린다: 여기 있어요— 어머니는 아버지 팔을 붙들고 있으니 당연히 아버지가 어디에 있는지는 잘 안다고 말하면서, 어디 있는지 궁금한 건 나라고 덧붙인다. 아버지가 말한다: 물론 그렇겠죠, 난 깊이 생각하지 않고 답했을 뿐이에요— 그러자 어머니가 말한다: 당신은 예나 지금이나 똑같군요. 다시 침묵이 흐르고 두 사람 다 입을 떼지 않는다. 나는 아주 조용히 서 있다. 사방이 완전히 고요해졌으면 좋겠다, 나는 고요함의 소리를 듣고 싶다. 침묵 속에서는 신의 목소리도 들을 수 있기 때문이다. 나는 적어도 누군가가 그렇게 말했던 것을 기억하고 있다, 하지만 나는 신의 목소리를 들을 수 없다, 내 귀에 들리는 것은, 아무것도 없다. 나는 귀를 기울인다, 내게 아무것도 들리지 않을 때, 아무 소리도 나지 않을 때, 나는 들을 수 있다. 이 또한 무의미한 말장난에 불과할 수 있지만, 이렇게 말할 수 있다고 나는 생각한다, 그렇다, 나는 듣고 있다, 정적을, 아무 소리도 없는 고요함을, 그것이 무엇이든 간에, 적어도 신의 목소리와는 거리가 먼 소리를. 하지만 나는 아무래도 좋다고 생각한다. 방금 내가 본 것은 내 부모님이 아니다, 내가 그저 상상해낸 뭔가일 뿐이다, 왜냐하면 지금 나는 이 어두운 숲속에 홀로 있으니까, 완전히 홀로. 따지고 보면 나는 항상 혼자가 아니었던가, 그랬다, 그랬을 것이다, 문득 어머니 목소리가 귓전을 스친다: 지금 어디 있니— 나는 그 소리가 가까운 곳에서 들려오는지 먼 곳에서 들려오는지 분간할 수 없다, 그저 목소리가 들릴 뿐이다, 그리고 다시 정적이 감돈다. 그녀가 말한다: 당신은 그 애가 어디 있다고 생각해요— 대답은 들리지 않는다. 어머니가 말한다: 단 한 번이라도 내 질문에 대답해줄 수 없어요. 아버지가 말한다: 모르겠어요— 어머니는 어련하겠냐고, 그런 대답은 할 필요조차 없다고, 다른 할말이 없다면 차라리 그냥 입을 다물고 있으라고 말한다, 아버지는 대답하지 않고, 어머니는 대답 좀 하라고 말하고, 아버지가 무슨 말을 해야 할지 모르겠다고 하자, 어머니는 아버지가 모르는 것이 당연하다고 말한다, 이처럼 짙은 어둠 속에서는 그 누구도 알 수 없다고. 아버지가 말한다: 그래, 당연한 일이에요. 그러고는 다시 침묵이 흐른다. 나는 꼼짝도 않고 가만히 서 있고, 지금 내 눈에 보이는 것은, 어머니와 아버지가 이 숲속에 함께 있다는 것은, 나의 환상일 거라고 생각한다. 이 숲속에 있는 건 나다, 나는 이곳에 혼자 있다. 그렇다, 이 숲속에 나 외에는 아무도 없다. 그리고 나는 이 숲을 빠져나가지 못하리라. 너무 피곤하고 춥다. 그래도 주변이 조금 환해지는 것 같다. 나는 고개를 들어 하늘을 본다, 별이 몇 개 보인다, 별이 많이 보이진 않는다, 곧 노란 달도 살짝 모습을 드러낸다. 주변이 조금이나마 환해져서 다행이다, 눈앞이 조금이라도 보이면 모든 것이 좋아지기 마련이다, 물론이다, 너무나 당연한 일이다. 그런데 내 부모님은 어디로 간 것일까. 조금 전까지만 해도 여기에 있었는데. 내가 환영을 본 것은 아닐 것이다. 나는 그들의 말소리도 들었다. 예전처럼 말을 하는 것은 어머니 몫이었다, 아버지는 어머니 말에 짤막하게 대답만 할 뿐이었다. 예전과 달라진 것은 하나도 없었다. 온몸에 한기가 감돈다. 나는 다시 눈이 내리지 않기만을 바란다. 숲속은 점점 환해지고 있다. 앞을 보기도 점점 쉬워진다. 그런데 나의 부모님은 어디로 갔을까. 조금 전까지만 해도 그들은 내 앞에 있었는데, 물론 나와의 거리가 그리 가깝진 않았다 해도. 하지만 나는 그들을 향해 걸어갔고, 그들도 나를 향해 걸어왔다, 그러나 우리는 너무나 천천히 움직였다. 우리는 모두 걸었다, 나도 걸었고, 그들도 걸었다, 그럼에도 우리 사이의 거리는 좁혀지는 것 같지 않았는데, 따지고 보면 참으로 이상한 일이었다, 이해할 수 없는 노릇이었다. 그들은 지금 어디에 있을까. 한데 만약 내가 앞을 향해 똑바로 걷는다면, 우리는 서로 마주칠 것이다, 그러니까 우리가 모두, 그들과 내가 모두 앞을 향해 걷는다면 말이다. 나는 앞으로 걷기 시작했다. 그러다보면 그들과 마주칠 것이기 때문이다. 적어도 언젠가는 마주칠 수 있을 것이다. 아마 나의 부모님, 나의 어머니와 아버지도 지금 앞으로 걷고 있을 것이기 때문이다. 그러면 우리는 곧 만날 수 있을 것이다. 부모님의 생각도 내 생각과 다르지 않을 테니 말이다. 그러니 나는 이제 앞으로 걷기만 하면 된다. 게다가 지금은 그리 어둡지 않아 이 깊고 어두침침한 숲 한가운데서도 나무들 사이로 걸을 수 있다. 나는 걷기 시작한다. 나는 두 팔을 앞으로 쭉 뻗고 걷는다. 그들, 어머니와 아버지가 어디에 있는지 소리쳐 물어볼까. 하지만 나는 그들을 단 한 번도 어머니와 아버지라 불러본 적이 없다, 아니, 어쩌면 그랬던 적이 있을지도 모른다. 아주 어렸을 때였을 것이다. 생각해보니 어렸을 때도 그랬던 적이 없다. 어머니와 아버지. 단 한 번도. 이제 그들은 사라져 보이지 않는다, 어쩌면 처음부터 여기 없었을지도 모른다. 그들이 여기 있다고 믿었던 것은 나만의 상상이었을지도 모른다. 내게 말을 걸어오는 어머니의 목소리를 들었다고, 어머니가 내게 무슨 말인가를 했다고 상상한 것이다. 아니, 절대 그럴 리 없다. 그들은 분명 여기 있었다. 나의 어머니는 여기 있었다. 나의 아버지도 여기 있었다. 나는 그들이 바로 저 앞에 있는 것을 똑똑히 보았다. 바로 저기, 저기, 저 앞에 말이다. 어쩌면 그들은 지금 내가 서 있는 이 자리에 있었을지도 모른다. 그들이 서 있던 자리가 바로 지금 내가 서 있는 이곳이었을지도 모른다. 충분히 가능한 일이다. 나는 그 자리가 바로 여기였다고 생각한다. 이곳이었다. 이제 나는 확신한다. 그들은 여기 있었다. 다른 곳이 바로 아닌 바로 여기. 저기가 아닌 여기. 바로 여기. 저 앞이 아니라 바로 여기 말이다. 그곳은 여기였다. 그들이 지금 어디 있는지 소리쳐 물어볼까. 그래, 그래야겠다. 나는 외친다: 지금 어디 있나요— 나는 가만히 서서 귀를 기울이지만, 아무런 대답도 들리지 않는다, 이상하다고 생각하던 찰나, 어머니의 목소리가 들린다: 우리가 어디 있느냐고. 다시 어머니의 목소리가 들린다: 우리가 어디 있느냐니, 너는 물어볼 필요도 없는 질문을 하는구나, 우리는 우리가 있는 곳에 있지, 다른 곳일 리 없잖아, 왜 그런 걸 묻니, 우리가 어디 있는지는 왜 묻는 거야— 나는 말한다: 그냥, 그냥 물어봤어요. 그러자 어머니가 말한다: 우린 너를 찾고 있어. 내가 말한다: 이제 저를 찾으셨잖아요, 그런데 어머니는 지금 어디 있나요. 어머니가 말한다: 어둠 때문에 우린 서로를 볼 수 없어— 나는 그렇군요 하고 말하고, 잠시 침묵이 흐른 뒤 어머니는 내게 집으로 가야 한다고 말한다. 나는 말한다: 길을 못 찾겠어요, 두 분도 숲에서 나가는 길을 찾지 못하시는 거죠. 어머니가 말한다: 세상에, 그런 말을 하다니, 당신은 어떻게 생각해요— 아버지는 아무 말도 하지 않고, 긴 정적이 뒤를 잇는다, 아버지는 무슨 말이라도 해보라고 재촉하는 어머니의 말에 마지못한 듯 말문을 연다: 그래, 우리도 길을 찾지 못하긴 마찬가지야— 어머니는 아버지에게 그런 말은 하지 말라고 쏘아붙인다. 어머니가 말한다: 우린 길을 찾을 수 있어요, 단지 아직 찾지 못했을 뿐이지, 그건 당신도 동의하죠— 다시 침묵이 흐른다. 어머니가 말한다: 뭐라고 말 좀 해봐요. 아버지가 말한다: 그래요, 우린 길을 찾을 수 있어요, 확신해요— 그리고 다시 침묵이 흐른다. 어머니가 말한다: 그걸 어떻게 확신하나요— 아버지는 대답하지 않는다. 어머니가 말한다: 대답해보세요. 아버지가 말한다: 그건 나도 몰라요. 어머니가 말한다: 그렇겠죠, 당신은 아는 게 없으니까— 나는 곧 우리가 서로를 찾을 수 있을 거라고, 우리가 다시 마주칠 수 있을 거라고 생각한다, 왜냐하면 그들의 목소리가 그리 멀지 않은 곳에서 들리기 때문이다, 그들의 목소리는 가끔은 매우 가까운 곳에서 들렸다가, 가끔은 아주 먼 곳에서 들리기도 한다, 나는 그들의 말소리가 때로는 가까운 곳에서 들리기도 하고 때로는 먼 곳에서 들리기도 한다는 사실이 매우 이상하다고 생각한다. 이해할 수가 없다. 불가해하다. 하지만 이 세상에는 이해할 수 없는 일이 수없이 많다, 예를 들어 지금 내가 이 깊고 어두컴컴한 숲속에 있다는 사실처럼. 갑자기 어머니가 소리친다: 너는 지금 어디 있니 — 어머니 목소리는 매우 가까운 곳에서 들리는 것 같기도 하고 동시에 아주 먼 곳에서 들리는 것 같기도 하다, 이해할 수가 없다, 같은 목소리가 매우 가까운 곳과 아주 먼 곳에서 동시에 들릴 수 있다니, 바로 그 때문에 나는 목소리가 들려오는 곳으로 발걸음을 옮길 수가 없다, 어머니가 소리친다: 이제 얼른 이리로 와, 네 아버지와 나는 곧 집으로 가야 하니까 — 나는 나도 그러고 싶지만 어디로 가야 할지 모른다고 대답하고 어머니는 내게 변한 것이 없다고 말한다, 나는 항상 그랬다고, 언제나 내가 하고 싶은 일만 했지 어머니가 원하는 일은 하지 않았다고, 예나 지금이나 다른 사람의 말은 들은 적이 없다고, 그러니자, 이제 그 결과가 어떤지 한번 보라고, 그 행동이 어떤 결과를 낳았는지, 나는 무슨 말을 해야 할지 모르겠다, 어머니는 이대로는 안 된다고, 너무 추워서 얼어죽을지도 모른다고 말한다, 아버지는 왜 아무 말도 하지 않는지 나는 궁금하다, 하긴, 아버지는 언제나 말이 없는 사람이었다. 날은 너무 춥고, 나는 너무 피곤하다. 어딘가에 앉아 잠시 쉬어야겠다. 하지만 나무 사이에 무턱대고 앉아 쉴 수는 없는 노릇이다. 문득 저 앞, 숲 한가운데에 크고 둥그런 바위가 보인다. 이상하다. 저 바위가 어떻게 여기까지 올 수 있었을까. 이해할 수 없는 일이다. 바위가 저절로 여기까지 굴러오지는 않았을 것이다. 그렇다고 사람이 바위를 들어다가 여기에 내려놓지도 않았을 것이다. 그럴 이유가 없다. 하지만 바위가 있다는 것은 분명한 사실이다. 저 앞에는 분명 앉아 쉴 수 있는 바위가 있다. 나는 저 바위에 앉아 쉬어야 한다. 그런데 나는 왜 바위에 다가가지 않는가. 왜 여기 가만히 서 있기만 하는가. 나는 마음만 먹으면 얼마든지 몸을 움직일 수 있다. 나는 어디든 원하는 곳으로 갈 수 있다. 아무도 나를 저지할 수 없다. 아무도. 그런데 나는 왜 여기 가만히 서 있기만 하는가. 나는 왜 아무것도 하지 않는가. 너무 피곤하기 때문일지도 모른다. 하지만 그럴수록 저 커다랗고 둥근 바위에 앉아 쉬어야 한다. 그래, 그래야겠다. 바로 지금 당장. 나는 바위로 다가가서 거기에 앉는다. 바위는 그 위로 나뭇가지들이 무성해서 눈이 쌓여 있지 않다. 나는 바위에 자리를 잡고 앉는다. 앉아서 쉬니까 기분이 좋다. 이제야 내가 얼마나 피곤한지 알겠다. 그리고 얼마나 잠이 쏟아지는지. 너무 피곤하다. 그토록 오랫동안 차를 몬 것은 물론 이 숲속에서도 아주 오랫동안 걸었으니, 피곤한 것도 이상한 일은 아니다. 멀리멀리 아주 멀리까지. 그래, 그렇게 표현할 수도 있을 것이다. 잠시 뒤 내가 항상 특별한 아이였다고 말하는 어머니의 목소리가 들린다. 아버지가 뒤이어 말한다: 맞아요, 항상 그랬지요— 그리고 어머니가 말한다: 맞아요, 그랬어요— 다시 그렇다고 맞장구치는 아버지의 목소리가 들린다. 나는 온몸을 덮치는 피곤을 느낀다. 하지만 지금 나는 잠을 자면 안 된다. 깨어 있어야 한다. 매우 중요한 일이다. 지금으로선 가장 중요한 일이라 해도 과언이 아니다. 지금 이 눈 속에서 잠에 빠진다는 것은 생각할 수조차 없는 일이다. 그래서는 안 된다. 잠에 빠진다면 나는 죽을 것이다. 얼어죽을 것이다. 하지만 잠시 쉴 수는 있다. 그 정도는 얼마든지 할 수 있는 일이다. 물론이다. 나는 너무 피곤해서 잠시 쉬어야 한다. 피곤에 지친 몸으로는 숲에서 빠져나갈 수 있는 길을 찾을 수 없을 것이다. 휴식. 잠깐의 휴식. 아무런 생각도 하지 않고 쉬어야 한다. 아주 잠깐. 조금만 더. 그런데 저기, 저 앞, 그래, 저 나무 두 그루 사이에 보이는 것은, 그렇다, 저기 한 남자가 서 있다. 검은색 양복을 입고 있다. 하얀 셔츠와 검은색 넥타이. 그는 신발을 신지 않았다. 맨발로 눈 위에 서 있다. 하지만 그건 있을 수 없는 일이다. 나는 정말로 환영을 보고 있는 게 틀림없다. 결국 내가 미쳐버린 것일까. 하지만 저 앞에 서 있는 남자는 분명한 실체다. 검은색 양복에 하얀 셔츠와 넥타이. 그는 저기에 서 있고 틀림없이 나를 바라보고 있다. 그렇다, 틀림없다. 그가 나를 보고 있는 것은 의심할 수 없는 사실이다. 나를 정면으로 쳐다보고 있다. 단지 내 쪽을 바라보는 것이 아니라 나를 똑바로 쳐다보고 있다. 무슨 이유로. 여기, 이 깊은 숲 한가운데에서 검은 양복을 입은 남자가 나를 바라보고 있을까. 불가능한 일이다. 있을 수 없는 일이다. 진실로 불가능한 일이다. 그는 꼼짝도 않고 가만히 서 있다. 아니, 조금 움직이고 있나. 아주 조금. 설사 움직인다 하더라도 눈에 띄지 않을 만큼 작은 움직임이다. 아니면 전혀 움직이지 않는지도 모른다. 그가 살짝 움직인다고 생각한 건 나의 상상인지도 모른다. 그럴 수도 있다. 하지만 그렇다 해도, 그래 그렇다 해도. 그렇다면 뭔가. 무엇인가. 나는 무슨 말을 하려는 건가. 그렇다면 뭐가 어떻다고. 그런데 나의 부모님은 어디로 가버렸을까. 그리고 그 순백색의 존재, 처음에는 빛나는 윤곽만 보였으나 이내 온통 하얗게 빛나던 그 존재, 그것은 어디로 갔을까. 하지만 저기 보이지 않는가, 검은색 양복을 입은 남자의 반대편에. 저기, 저쪽. 그렇다, 이제 나는 순백색의 존재를 다시 볼 수 있다. 그는 저기 서 있다. 그 또한 꼼짝도 않고 가만히 서 있다. 그리고 여전히 빛을 발하고 있다. 반짝이는 빛이 그에게서 발산되고 있다. 나는 이해할 수 없다. 이것은 나의 지력과 이성을 넘어서는 일이다. 이 말 또한 하나의 표현 방식에 불과할 뿐이다. 지금 상황을 이성적으로 말하려는 것이 이 상황에서는 전혀 이성적이지 않은 것 같다. 갑자기 웃음이 터져나올 것 같다. 이 역시 그렇다. 이런 상황에서 웃는다는 건 한계가 있는 법. 하지만 지금은 그런 한계도 존재하지 않는 것 같다. 마치 모든 일에 한계가 존재하지 않는 것 같다. 이 숲은 폐쇄된 방이고, 숲속에 있지만, 그 방에는 경계가 없는 것 같다. 이건 불가능한 일이다. 세상일은 이것이 아니면 저것이다. 그렇다, 이것 또는 저것. 어머니 또는 아버지. 순백색의 존재 또는 검은색 양복의 남자. 내가 이 숲속에 머물든지 또는 이 숲에서 빠져나가든지. 이것이 아니면 저것이다. 내 차도 그 자리에 계속 처박혀 있든지, 아니면 구렁텅이에서 빠져나올 것이다. 세상일은 그런 것이다. 이것 아니면 저것. 그런데 바위에 앉아 있노라니 정말 기분이 좋다. 내게 가장 필요했던 것은 이런 휴식이었으리라. 내가 얼마나 피곤했었는지 이제야 알겠다. 생각보다 훨씬 더 피곤했던 모양이다. 나는 하얀 눈이 쌓인 나뭇가지 아래 자리한 이 둥그런 바위에 앉아 깜박 잠들 뻔했다. 내가 앉은 곳은 나뭇가지들이 지붕처럼 드리운 바위고, 이것은 마치 나를 위한 조그마한 집 같다. 집이라니. 도대체 지금 무슨 생각을 하고 있는 걸까. 이 세상에 집이라 이름 붙일 수 없는 것이 있다면 그건 바로 여기, 내가 앉아 있는 이곳일 것이다. 활짝 열린 하늘 아래 나뭇가지 몇 개가 드리운 바위, 깊은 숲속 눈 쌓인 나뭇가지 아래 덩그러니 자리한 바위, 숲속, 바로 이 숲속일 것이다. 나는 너무 피곤해서 자리에 눕고 싶다. 하지만 그럴 수는 없다. 누우면 바로 잠이 들 것이고, 이 깊고 어두운 숲에서 잠에 빠지는 일만은 피해야 한다. 이 깊고 어두운 숲에서. 나는 눈을 감는다. 눈을 감아도 보이는 것은 짙은 어둠뿐이다. 오직 어둠, 짙은 어둠뿐. 내가 본 남자도 검은색 양복을 입고 있었다. 하얀 셔츠와 검은색 넥타이. 그는 맨발로 서 있지 않았던가. 그렇다, 그는 맨발로 눈 위에 서 있었다. 정말 그랬던가. 그랬던 것 같다. 그렇다, 나는 그가 맨발로 서 있는 것을 보았다. 하지만 한편으로는 보지 못했다고 말할 수도 있을 것 같다. 분명 그렇게 말할 수도 있을 것이다. 나는 눈을 뜬다. 이제 검은색 양복을 입은 남자가 바로 내 앞에 서 있다. 내 앞에 서서 나를 뚫어지게 바라보고 있다. 그는 누구일까. 나는 그가 맨발이라는 것을 똑똑히 볼 수 있다. 그는 하얀 눈 위에 맨발로 서 있다. 세상에. 보아하니 불가능한 일은 없는 것 같다. 모든 것. 모든 일은 얼마든지 일어날 수 있다. 그러니 숲속에서, 이 깊고 어두운 숲속에서, 검은색 양복을 입고 하얀 셔츠 위에 검은색 넥타이를 매고 차가운 눈 위에 맨발로 서 있는 것. 이 또한 있을 수 있는 일이다.

심지어 이런 일마저도 가능하다. 그리고 저기, 검은색 양복을 입은 남자에게서 그리 멀리 떨어지지 않은 곳에는, 반짝이는 순백색의 존재가 빛을 발하며 서 있다. 그는 눈부시게 빛나고 있다. 나는 이해할 수 없다. 이것은 이해할 수 없는 종류의 일이다. 이건 이해가 아니라 단지 경험만 할 수 있는 일인지 모른다. 현실에서는 일어나지 않는 일 말이다. 하지만 일어나지는 않고 단지 경험만 하는 일이 가능할까. 우리가 경험하는 모든 일은 어떤 면에서는 실제고, 우리는 그것을 어떤 식으로든 이해한다. 하지만 그건 중요하지 않다. 왜냐하면 저기엔 순백색의 존재가 빛을 발하며 서 있고, 그 존재의 뒤쪽에서 옆으로 약간 떨어진 곳에는 검은색 양복을 입은 남자가 맨발로 눈 위에 서 있으며, 검은색 양복을 입은 남자와 순백색의 반짝이는 존재 사이에는 나의 부모님, 내 어머니와 아버지가 서로 손을 잡고 서 있기 때문이다. 서로 손을 잡고 있는 두 사람의 팔은 마치 V자처럼 보인다. 그렇다. 그들이 틀림없다. 나의 부모님이다. 그들이 나를 바라본다. 나를 똑바로 쳐다본다. 나는 검은색 양복을 입은 남자가 내 부모님 쪽으로 고개를 돌리는 것을 본다. 하지만 부모님은 그의 시선을 알아채지 못했는지 나만 바라보고 있다. 하지만 아무 말도 하지 않는다. 내가 말을 걸어볼까. 그런데 뭐라고 말해야 할까. 나는 무슨 말을 해야 할지 모르겠다. 단 한 번도 그래본 적이 없지만, 지금은 무슨 말이라도 해야 할 것 같다. 아니, 지금은 말이 필요 없을지 모른다. 그럴 수도 있을 것이다. 어쨌든 나는 아무 말도 하지 않는다. 말을 할 생각도 없다. 나는 그저 이곳에 가만히 앉아 있다. 둥그런 바위에 앉아 이제 검은색 양복을 입은 남자가 나의 부모님을 향해 걸어가는 것을 본다. 그는 매우 천천히 걷는다. 그는 한 발짝, 한 발짝, 맨발로 눈 위를 걷는다. 나는 말을 하지 않을 것이고 하고 싶은 마음도 없다. 나는 검은색 양복을 입은 남자를 본다. 그가 천천히 나의 부모님, 나의 어머니와 아버지를 향해 다가가는 것을 본다. 보아하니 부모님은 그의 존재를 전혀 눈치채지 못한 것 같다. 그들은 나만 바라보고 있다. 이제 나를 그만 좀 바라보면 안 될까. 왜 그들은 나만, 다른 것은 보지 않고 오직 나만 바라보고 있을까. 이제 다른 걸 좀 쳐다보면 안 되는 걸까. 검은색 양복을 입은 남자라든지. 남자가 그들을 향해 다가가고 있는데도 왜 남자를 보지 않는 것일까. 그가 그들에게는 보이지 않는 것 같다. 마치 그들은 그를 전혀 못 보는 것 같기도 하다. 그들은 남자의 존재를 전혀 눈치채지 못하는 것 같다. 어쩌면 그들은 남자를 못 본 척하고 있을지도 모른다. 그럴지도 모른다. 아니, 그렇지 않을지도 모른다. 하지만 그게 무슨 의미가 있는가. 거기에 무슨 중요성이라도 있는가. 아니, 물론 전혀 중요하지 않다. 검은색 양복을 입은 남자는 어느새 부모님에게 닿을 듯 가까이 다가갔다. 나는 그가 발걸음을 멈추는 것을 본다. 그는 거기에 멈춰 서서 내 부모님을 바라본다. 나는 둥근 바위에 앉아 검은색 양복을 입은 남자를 바라본다. 지금 무슨 일이 일어나고 있는 것일까. 나는 지금 어디에 있는 것일까, 그렇다, 나는 지금 숲속에 있다, 하지만 평범한 보통의 숲에서는 이런 일이 일어나지 않는다, 안 그런가. 도대체 무슨 일이 일어나고 있는 것일까. 어머니가 나를 똑바로 쳐다보며 말한다: 아, 거기 있구나 — 나도 어머니를 똑바로 바라보며 말한다: 네, 저는 여기 있어요 — 침묵이 흐른 뒤, 어머니는 아버지를 보며 저기, 저 바위 위에 내가 있다고 말한다. 나를 손가락으로 가리키며 저기 저 바위에 앉아 있다고 말한다, 아니, 어쩌면 어머니가 손가락으로 가리키는 것은 내가 아니라 바위인지도 모른다, 어머니는 아버지에게 내가 보이지 않느냐고 묻고, 아버지는 보인다고, 바위에 앉아 있는 나를 보고 있다고 대답한다, 다시 침묵이 흐른다, 어머니가 내게 고개를 돌리며 왜 그렇게 계속 바위에 앉아만 있는지, 왜 내가 대답하지 않는지 묻는다, 누가 말을 걸면 대답을 해야 하는 거라고, 반드시 그래야 한다고 말한다. 나는 말한다: 저도 대답을 하는 걸요. 그러자 어머니가 말한다: 그래, 이제야 대답을 하는구나— 다시 정적이 흐른다, 나는 검은색 양복을 입은 남자가 내 어머니에게 다가가 한쪽 팔을 잡는 것을 본다, 이제 어머니는 한 손으로는 검은색 양복을 입은 남자의 손을 잡고 다른 손으로는 아버지의 손을 잡고 서 있다, 나는 그제야 알아본다, 내 어머니와 아버지도 맨발로 눈 위에 서 있음을, 그렇다, 그들도 맨발이다, 그리고 그들이 천천히 내게 다가오는 것 같다, 그렇다, 그들은 매우 천천히, 작은 보폭으로 내게 걸어오고 있다, 그들을 내게 데려오는 사람은 바로 검은색 양복을 입은 남자다, 그리고 이제 저기, 순백색의 빛나는 존재도 보인다, 하지만 그는 마치 어디에도 없는 것 같다, 그는 마치 그들의 주위를 감싸고 있는 것 같다, 그는 마치 그들을 감싸고 있는 빛 같다, 너무나 강렬해 쳐다볼 수 없는 빛, 깊고 어두운 숲속에 내 어머니와 아버지 그리고 검은색 양복을 입은 남자를 감싼 빛이 있다, 그들의 주위에는 밝게 빛나는 하얀빛이 있다, 마치 커다란 한 점의 빛이 천천히 내게로 다가오는 것 같다, 어머니는 내게 얼른 오라고 말한다, 나는 계속 그렇게 바위에 앉아 있으면 안 된다고 말하는 어머니의 목소리를 들으며, 어머니가 무슨 뜻으로 그런 말을 하는지, 왜 얼른 와야 된다고 하는지 궁금해한다, 바위에서 몸을 일으켜야겠다고 생각하는 순간, 바위에 그렇게 앉아 있기만 하면 안 된다고, 일어나서 이리로 오라고 말하는 어머니의 목소리가 다시 들려온다, 나는 몸을 일으키고 좁은 보폭으로 두 발짝 정도 내디딘 다음 땅을 내려다본다, 이제 나도 맨발이다, 이상하기 짝이 없다, 아무리 생각해도 신발을 벗은 기억은 없다, 하지만 나는 지금 분명히 맨발이다. 나는 제자리에 서서 내 발을 내려다본다, 하얀 눈 위에 보이는 맨발, 도저히 이해할 수가 없다, 이렇게 추운데 내가 직접 신발을 벗어던졌을 리는 없으니까, 하지만 내가 이해할 수 없는 일은 너무나 많다, 예를 들어 나는 왜 이 숲속에 있는지. 왜 차를 버려두고 이 숲속으로 들어왔는지, 모두 이해할 수 없는 일들뿐이다, 나는 다시 얼른 오라는 어머니의 목소리를 듣는다, 바위 앞에 서 있기만 하면 안 된다고, 어머니는 말한다, 나는 한 발짝, 다시 한 발짝 천천히 걸음을 내딛고, 검은색 양복을 입은 남자가 내게 한 손을 내민다, 나는 내게 손을 내민 그를 바라보지만, 그의 얼굴은 볼 수 없다, 마치 그에겐 얼굴이 없는 것 같다, 얼굴이 있어야 할 자리에 텅 빈 공간이 자리하고 있을 뿐이다, 나는 그가 내민 손을 잡고, 그 순간 반짝이는 하얀빛이 나를 감싼다, 안개 같은 그 빛은 매우 부드럽고 아주 희미하지만, 한편으로는 매우 선명하고, 나는 그 선명함 속에 있다, 검은 양복을 입은 남자가 천천히 걷기 시작한다, 그는 숲 밖으로 나가려

하는 것 같지만, 그곳이 어딘지는 알 수 없다, 어느새 주변에 보이던 나무들은 사라지고, 쌓여 있던 눈도 보이지 않는다, 나는 참으로 이상하다고 생각하며 고개를 들어 위를 본다, 그토록 크고 둥글던 황금색 달도 보이지 않고, 별들도 보이지 않는다, 우리는 마치 허공 속을 걷고 있는 것 같다, 너무나 이상하다, 검은색 양복을 입은 남자의 손은 차갑지도 따뜻하지도 않고, 나의 부모님은 거기 함께 있는 것 같기도 하고 없는 것 같기도 하다, 우리는 허공 속을 걷는 것 같다, 그렇다, 우리는 정말 허공에서 걷고 있다, 사실 우리는 걷는다기보다 움직이고 있다, 그렇다, 어떤 면에서 보자면 우리는 움직이고 있고, 나는 내가 아닌 것 같다, 나는 반짝이던 그 존재의 일부가 된 것 같다, 지금 그 존재는 더이상 순백색 빛을 발하지 않지만, 그렇다, 그는 더이상 존재하지 않지만 여전히 그곳에 있는 듯 없는 듯 존재하고 있다, 반짝인다는 말, 순백색이라는 말, 빛을 발한다는 말의 의미도 사라진 것 같다, 마치 모든 것의 의미가 사라진 것 같다, 의미라는 것, 그렇다, 의미라는 것 자체가 더는 존재하지 않는 듯하다, 모든 것은 단지 거기 있을 뿐이고, 그것들은 모두 의미 그 자체다, 우리는 또한 더이상 걷지 않는다, 우리의 움직임은 완전히 멈춰버린 것 같다, 우리는 보이지 않는 움직임이 되어버렸고, 이제 내게는 아무것도 보이지 않는다, 나를 감싸고 있는 것은 회색빛이고, 그 빛은 나뿐만 아니라 존재하지 않으면서 동시에 존재하는 모든 것을 감싸고 있다, 마치 모든 것은 각각의 회색빛 속에 존재하는 듯하고, 존재하는 것은 아무것도 없다, 그러다 어느새 나는 너무나 강렬해서 빛이라 할 수 없는 빛 속에 들어와 있다, 아니, 이것은 빛이 아니다, 일종의 공백이며 무無다, 문득 나는 그 빛나는 존재가, 순백색의 반짝이는 존재가 우리 앞에 서 있는 것을 본다, 그가 따라오라고 말하고, 우리는 그의 뒤를 따라간다, 아주 천천히, 한 발짝 또 한 발짝, 한 숨 또 한 숨, 검은 양복을 입은 얼굴 없는 남자, 나의 어머니, 나의 아버지, 그리고 나, 우리는 맨발로 무의 공간 속으로 들어간다, 한 숨 또 한 숨, 어느 순간 숨이 사라지고, 그곳에 있는 것은 오직 호흡하는 무를 빛처럼 뿜어내는 반짝이는 존재뿐이고, 어느새 숨을 쉬고 있는 것은 우리다, 각각의 순백색 속에서.

한국어판 부록

침묵의 언어

그 일은 내가 중학교에 입학했을 때 갑자기 일어났습니다. 선생님은 내게 큰 소리로 책을 읽어보라고 하셨습니다. 나는 불현듯 두려움에 사로잡혔습니다. 나라는 존재는 두려움 속에 묻혀버렸고 두려움 그 자체가 되어버렸습니다. 나는 벌떡 일어나 교실 밖으로 뛰쳐나갔습니다.

놀란 학생들과 선생님의 둥그런 눈동자들이 교실 밖까지 나를 따라 나왔습니다.

그 일이 있은 후, 나는 그때 화장실에 가야 했다며 나의 이상한 행동을 설명하려 했습니다. 내 말을 듣고 있는 사람들의 표정을 통해 그들이 내 말을 믿지 않는다는 것을 알아챌 수 있었습니다. 그리고 나는 내가 미쳤다고 생각했습니다. 그렇습니다, 나는 미치기 일보 직전이었던 게 틀림없습니다.

큰 소리로 책을 읽는 것에 대한 두려움은 나를 계속 따라다녔습니다. 얼마간 시간이 흐른 후, 나는 용기를 내어 선생님들에게 큰 소리로 책을 읽는 시간에는 나를 지목하지 말아달라고 부탁했습니다. 내가 그걸 두려워하자 어떤 분들은 내 말을 믿고 더이상 책 읽는 것을 시키지 않았지만, 또다른 분들은 내가 그들을 상대로 장난을 친다고 생각했습니다.
나는 이 경험으로 사람들에 대하여 중요한 것을 배웠습니다.
그리고 나는 또다른 많은 것도 배웠습니다.
그럴 것입니다. 내가 오늘 이 자리에서 여러분 앞에 서서 큰 소리로 글을 읽을 수 있는 것도 바로 그 때문일 것입니다. 이제는 거의 두려움에서 벗어났습니다.
내가 무엇을 배웠느냐고요?

어떤 면에서는 그 당시 두려움이 내게서 언어를 빼앗아 간 것 같았기에, 나는 빼앗긴 언어를 다시 되찾아야만 했습니다. 그리고 그렇게 하려면 다른 사람의 도움을 받지 않고 오롯이 내 힘으로 해야 했습니다.

나는 나만의 텍스트, 짤막한 시, 짧은 이야기들을 쓰기 시작했습니다.

그리고 그 일이 내게 안정감은 물론 두려움과 반대되는 그 무언가를 가져다준다는 것을 알았습니다.

나는 그렇게 함으로써 내 안에 존재하는 나만의 공간을 찾을 수 있었고, 그 속에서 나만의 글을 쓸 수 있었습니다.

그로부터 약 오십 년이 지난 지금도 나는 글을 쓰고 있습니다. 여전히 내 안의 비밀스러운 곳, 솔직히 그러한 곳이 내 안에 존재한다는 것 외에는 더 많은 것을 알 수 없는 바로 그곳에 앉아, 나는 글을 쓰고 있습니다.

노르웨이의 시인 올라브 H. 하우게Olav H. Hauge는 어린아이가 되어 숲속에 작은 오두막을 짓고 어두운 가을 저녁 그 안에 기어들어가 촛불을 켜고 앉아 있을 때 느끼는 안정감과 포근함에 대한 시를 썼습니다.

나는 이 시가 내가 글을 쓸 때 느끼는 감정을 잘 표현하고 있다고 생각합니다. 지금이나 오십 년 전이나 마찬가지로 말입니다.

내가 배웠던 것은 또 있습니다. 적어도 내겐 구어와 문어, 구어와 문학언어 사이에 큰 차이점이 있다는 것입니다.

흔히 구어는 어떤 것이 이러이러하다고 설명하는 메시지를 독백적으로 전달할 때도 있고, 설득이나 확신을 내포하는 메시지를 수사적으로 전달할 때도 있습니다.

문학언어는 결코 그렇지 않습니다. 문학언어는 정보를 제공하고 의사소통을 하기 위한 수단이라기보다는, 의미를 가지고서 그 자체로 존재하는 것입니다.

그런 의미에서 좋은 글과 모든 종류의 연설은 명백히 대조됩니다. 그 연설이 종교적이든 정치적이든, 또는 무엇이 되든 말입니다.

큰 소리로 책을 읽는 것에 대한 두려움 때문에 나는 글을 쓰는 사람의 고독한 삶 속으로 발을 들였고, 이후로 계속 그곳에 머물게 되었습니다.

나는 수많은 산문과 드라마를 집필했습니다.

드라마의 특징은 대화와 담화, 또는 종종 대화를 위한 시도나 독백 등이 글의 형태로 표현된 것이며, 중요한 것은 이것이 항상 상상의 세계 속 일부로서, 정보 전달의 수단이 아닌 뭔가의 일부로서 그 자체로 존재한다는 점입니다.

그리고 산문의 특징을 들자면 표현 자체, 즉 말하는 행위 그 자체에는 두 가지 목소리가 있다는, 미하일 바흐친의 말을 인용할 수 있습니다.

요약하자면, 이중 그 하나는 말하는 사람 또는 글을 쓰는 사람의 목소리이며, 다른 하나는 말이나 글 속에서 인용되는 사람의 목소리입니다. 이 두 목소리는 종종 서로 겹쳐져 누구의 목소리인지 분간할 수 없을 때도 있습니다.

한마디로 이중으로 쓰인 목소리라는 것입니다. 물론 이

또한 상상을 바탕으로 지어낸 세상과 그 속에 존재하는 자체적 논리의 일부입니다.

내가 쓴 작품 하나하나는 그 자체의 허구적 세계를 가지고 있습니다. 즉 각각의 드라마, 각각의 소설 속에는 제각기 존재하는 새로운 세계가 있다는 것입니다.

나는 수많은 시도 썼습니다. 좋은 시도 그 자체의 세계를 가지고 있고, 그 세계와 관련이 있습니다. 그것을 읽는 사람들은 시 형태로 지어올린 세계 속으로 들어가는 셈이죠. 그렇습니다. 이것은 단순한 소통이라기보다는 오히려 친교에 가깝습니다.

아울러, 이것은 아마도 내가 썼던 모든 작품에 해당될 것입니다.

한 가지 확실한 것은, 나는 사람들이 말하는 것처럼 나 자신을 표현하기 위해 글을 쓴 것이 아니라, 오히려 나로부터 벗어나기 위해 글을 썼다는 것입니다.

그렇게 해서 나는 극작가로 활동하게 되었습니다. 여기에 대해 내가 뭐라고 말할 수 있을까요?

나는 소설과 시를 썼습니다. 연극작품을 위해 글을 쓰고 싶진 않았지만, 한때는 어쩔 수 없이 희곡을 써야 할 때도 있었습니다. 왜냐하면 뉘노르스크어 드라마를 활성화하기 위한 노르웨이 정부의 지원과 그러한 공공자금의 유혹은 나처럼 가난하고 절망적인 작가에겐 더할 나위 없이 좋은 기회였기 때문입니다. 좋은 우연의 일치였지요. 나는 한 연극작품의 프롤로그를 썼고, 어쩌다보니 전체 작품을 집필하게 되었습니다. 그것이 바로 나의 첫번째이자 지금도 여전히 가장 많이 상연되고 있는 작품 『누군가 올 거야』입니다.

제일 처음으로 한 작품을 쓴 일은 작가로서의 내 삶에서 가장 큰 놀라움이었습니다. 왜냐하면 나는 소설과 시를 통해—일상적인 언어로 말하자면—대개 말로 표현할 수 없는 것들을 쓰고 싶은 유혹을 느꼈기 때문입니다. 네, 그렇습니다. 노벨재단에서 나를 노벨문학상 수상자로 지목하며 했던 말처럼, 나는 말로 표현할 수 없는 것들을 쓰고 싶었습니다.

자크 데리다의 말을 조금 바꿔 인용하자면, 삶에서 가장 중요한 것은 말로 할 수 없으며, 오직 글로 쓸 수 있다고 표현할 수 있습니다.

나는 침묵의 발화에 말글을 내주고 싶습니다.

나는 드라마를 쓸 때 바로 이 침묵의 말들을 이용할 수 있었고, 소설이나 시에서와는 완전히 다른 방식으로 이를 연장시킬 수도 있었습니다. 희곡을 쓸 때는 단지 '사이'라는 단어 하나만 쓰면 되었고, 그렇게 침묵의 말들이 거기에 들어갈 자리가 생겨났습니다. 나의 희곡작품에서 가장 중요하고 또 가장 빈번하게 사용된 단어는 바로 '사이'입니다—'긴 사이' '짧은 사이', 때로는 그저 '사이'라는 한 단어.

이들 '사이'는 참으로 많은 말을 내포할 때도 있고 그렇지 않을 때도 있습니다. 말로 할 수 없는 것, 말하고 싶지 않은 것, 또는 차라리 말하지 않는 게 더 좋은 것들이 '사이'에 존재합니다.

그럼에도 불구하고, 나는 사이를 통해 가장 많이 말해질 수 있는 것은 바로 침묵이라고 확신합니다.

나의 산문이나 소설에서 아마도 드러나는 모든 반복에는, 나의 희곡작품 속에서 볼 수 있는 '사이'와 비슷한 기능이 있을 것입니다. 나의 이러한 생각을 달리 말하자면, 아마도 연극에는 침묵의 발화가 있을 테고, 소설에는 글로 표현되는 언어 뒤에 침묵의 언어가 있을 거라는 말입니다. 좋은 문학작품을 쓰려면 이 침묵의 발화도 표현할 수 있어야 합니다. 예를 들어, 나의 작품 '7부작' 속에는 바로 이 침묵의 언어가 있습니다. 매우 간단하고 구체적인 예를 들자면, 첫번째 아슬레는 또다른 아슬레와 동일 인물일 수도 있으며, 1200페이지라는 이 길고 긴 작품은 어떻게 보자면 하나의 발췌된 '지금 이 순간'을 글로 표현한 것뿐일 수도 있다는 것입니다.

침묵의 말, 또는 침묵의 언어는 대개 작품 전체를 두고 할 수 있는 말입니다. 그 작품이 소설이든 희곡이든, 또는 연극 그 자체든, 중요한 것은 어떤 특정한 부분이 아니라 작품의 전체성이며, 이 전체성에는 세세한 부분까지 모두 포함되어야 합니다. 이것은 전체성의 정신, 즉 가깝고도 먼 곳에서 모두 접할 수 있는 작품의 정신이라 감히 말할 수 있을 것 같습니다.

그렇다면 우리는 귀를 기울여 들을 때 무엇을 들을 수 있을까요?

그것은 바로 침묵입니다.

이미 말했듯, 우리는 오직 침묵 속에서만 신의 목소리를 들을 수 있습니다.

네, 아마도 그럴 것입니다.

다시 본론으로 돌아가서, 나는 연극을 위한 글쓰기에서 내가 얻을 수 있던 것 외에 또다른 것을 말하고자 합니다. 말했다시피 글쓰기는 외로운 직업이며, 올라브 하우게의 또다른 시를 인용하자면, 다른 이들에게로 돌아가는 길이 열려 있는 한, 이 외로움은 좋은 것입니다.

내가 집필한 작품이 무대 위에서 공연되는 것을 처음 보았을 때 나를 사로잡은 것은, 외로움과는 정반대되는 것이었습니다. 그것은 바로 예술을 공유함으로써 예술을 창조한다는 동료애였는데, 그것이 내게 큰 안정감을 안겨주었습니다.

그 느낌은 이후로도 계속 나와 함께했고, 그 때문에 나는 단순히 마음의 평화를 유지하는 것을 넘어서서 심지어는 내가 만들어낸 형편없는 작품 속에서도 일종의 기쁨을 누릴 수 있었던 것 같습니다.

연극은 크나큰 경청 행위입니다. 배우들이 대본과 동료 배우와 감독의 말을 듣고, 청중이 전체 공연을 듣는 것처럼, 감독 또한 대본에 귀를 기울여야 합니다.

내게 글쓰기는 귀를 기울여 듣는 일입니다. 글을 쓸 때 나는 결코 사전에 준비를 하거나 계획을 세우지 않습니다. 오직 듣기만 할 뿐입니다.

글쓰는 행위를 비유적으로 표현하자면, 그것은 바로 듣는 행위여야 합니다.

그러므로 글쓰기가 음악을 연상시킨다는 것은 두말할 필

요도 없습니다. 나는 어렸을 때 음악을 좋아했고 음악을 위해 많은 시간을 투자했습니다. 그러다 십대의 어느 시점에 갑자기 글쓰기에 전념하게 되었습니다. 당시에 나는 음악을 직접 연주하거나 음악을 듣는 행위를 완전히 멈추고 글을 썼습니다. 나는 내 글 속에서 음악을 연주하며 느꼈던 감정과 경험을 재창조하려 노력했습니다. 이것은 그때나 지금이나 마찬가지입니다.

또다른 것은, 조금 이상하게 들릴 수도 있겠지만, 내가 글을 쓸 때면 이미 그 글이 내 안이 아닌 다른 어딘가에 이미 존재하는 것 같은 느낌과 함께, 그 글자들이 사라지기 전에 그냥 적어두기만 하면 된다는 느낌에 휩싸이곤 한다는 것입니다.

때로는 그 글을 변경하지 않고 그대로 써내려갈 때도 있지만, 종종 그 글을 다시 작성하고 내 손에서 완성될 때까지 밑줄을 그어가며 하나하나 주의깊게 살펴볼 때도 있습니다.

나는 십오 년 전까지만 하더라도 연극 대본을 쓰고 싶지 않다고 생각했지만, 어쩌다보니 지금까지도 계속 이 일을 해오게 되었습니다. 게다가 내가 쓴 작품은 무대 위에서 공연되었을 뿐 아니라, 많은 나라에서 자국의 언어로 재탄생되기도 했습니다.

나는 아직도 이해할 수 없습니다.

삶은 이해할 수 없는 것입니다.

내가 지금 여기에 서서 노벨문학상 수상과 관련하여 글쓰기가 무엇인가에 대해 다소 합리적인 말을 하려고 노력하고 있다는 것을 이해할 수 없는 것처럼 말입니다.

그리고 내가 아는 한, 이 상은 내가 집필했던 드라마뿐 아니라 산문작품들과도 관련이 있다는 것입니다.

수년 동안 희곡만 써온 나는 어느 날 갑자기 이것으로 충분하다는 생각에 희곡 쓰기를 그만두려고 결심했습니다.

하지만 글쓰기는 어느새 내게 습관처럼 자리잡았고, 나는 글을 쓰지 않고는 살아갈 수 없다는 것을 깨달았습니다— 이것은 마르그리트 뒤라스의 말처럼 병이라고도 할 수 있을 것 같습니다. 그래서 나는 다시 수십 년 전 극작가로 데

뷔하기 전처럼 초심으로 되돌아가, 그때와 마찬가지로 산문과 다른 여러 장르의 글을 쓰기로 마음먹었습니다.

그것이 바로 내가 지난 십 년에서 십오 년 동안 해온 일입니다. 내가 다시 진지하게 소설을 쓰기 시작하기로 마음먹었을 때, 나는 내가 여전히 소설을 쓸 수 있을지 확신할 수 없었습니다. 나는 먼저 '3부작'을 썼습니다. 이 연작으로 노르딕 카운슬 문학상을 받았고, 나는 그제야 내가 산문작가로도 할 수 있는 일이 있다는 큰 확신을 얻을 수 있었습니다.

그다음에는 '7부작'을 집필했습니다.

나는 이 작품을 쓰는 동안 작가로서 가장 행복한 순간들을 경험했습니다. 예를 들어 첫번째 아슬레가 눈 속에 누워 있는 또다른 아슬레를 찾아 그의 목숨을 구해주었던 순간, 또는 결말 부분에서 주인공인 첫번째 아슬레가 크리스마스를 여동생과 함께 보내기 위해 길을 나서던 둘도 없는 친구 오슬레이크와 같이 상어를 보트 삼아 마지막 여행을 떠나는 순간 등이 바로 그것입니다.

나는 처음엔 장편소설을 쓸 생각이 없었습니다. 하지만 소설은 저절로 쓰이듯 전개되어 어느새 장편소설이 되었고, 내가 썼던 많은 세세한 부분들은 서로 너무나 잘 맞아떨어질 정도의 순조로운 흐름을 유지했습니다.

그리고 그때가 바로 행복이라 부를 수 있는 순간에 가장 가까운 때일 것입니다.

'7부작' 전체에는 내가 이전에 썼지만 새로운 관점에서 본 다른 많은 내용에 대한 기억이 담겨 있습니다. 긴 장편소설 전체에 마침표가 단 하나도 없다는 것은 결코 새로운 것이 아닙니다. 나는 단지 그런 식으로, 완전히 멈출 필요가 없는 하나의 흐름, 하나의 움직임으로 소설을 썼을 뿐입니다.

나는 과거 어느 인터뷰에서 시를 쓰는 것은 일종의 기도라고 말한 적이 있습니다. 그리고 그 인터뷰가 활자화되었을 때 나는 매우 당황했습니다. 하지만 얼마 후에 나는 프란츠 카프카도 나와 같은 말을 했다는 것을 알고 큰 안도감을 느꼈습니다. 그렇다면, 그것은 어쩌면 진실이라 할 수도 있지 않을까요?

나의 데뷔 작품은 비평가들로부터 그다지 좋은 평가를 받지 못했습니다. 나는 비평가들의 말에 귀를 기울이지 말고, 오직 나 자신만을 믿고 나만의 것을 고수하리라 결심했습니다. 만약 내가 그때 그런 결심을 하지 않았더라면, 나는 사십여 년 전에 출간된 데뷔 소설 『레드, 블랙』 이후 작품 활동을 그만두었을 것입니다.

어느 정도 시간이 흐른 후, 내 작품에는 대부분 호평이 쏟아졌고 나는 여기저기서 문학상도 받기 시작했습니다. 하지만 나는 내 작품을 향한 혹평에 귀를 기울이지 않겠다고 마음먹었으니 순풍에도 몸을 맡기지 않고 오직 나만의 글을 쓰는 데 전념해야 한다는 초기의 결심을 고수하는 것이 매우 중요하다고 생각했습니다.

나는 이 결심을 예나 지금이나 한결같이 지켜왔고, 노벨상을 수상한 이후에도 이 결심은 변하지 않을 것입니다.

내가 노벨문학상 수상자로 선정되었다고 발표되었을 때,

나는 수많은 이메일과 축하 인사를 받고 진심으로 기뻤습니다. 축하해주었던 사람들은 대부분 진지하게 기쁨을 전했지만, 너무나 기뻐 비명을 지르거나 또는 눈물을 흘렸다는 사람들도 있었습니다. 내겐 큰 감동이었습니다.

나의 시에는 자살을 다룬 내용이 많습니다. 내가 의도했던 것보다 훨씬 많습니다. 그래서 나는 때때로 내가 이런 식으로 자살을 합리화하는 건 아닌가 하는 생각에 두려울 때도 있었습니다. 그 때문에, 나의 시가 자신의 생명을 구했다고 솔직하게 적어준 분들의 편지는 그 무엇보다 더 큰 감동을 주었습니다.

어떤 의미에서는 글이 생명을 구할 수도 있다는 것을 나는 항상 인지하고 있었고, 어쩌면 내 생명을 구했을지도 모르겠습니다. 나는 내 글이 다른 사람의 생명을 구하는 데 도움이 된다면 그보다 더 행복한 일은 없을 것이라고 생각합니다.

내게 노벨문학상을 수여한 스웨덴 아카데미에 감사드립니다.

그리고 하느님께 감사드립니다.

욘 포세

더 많은 고요를 듣기 위하여

  욘 포세는 극작가이자 소설가일 뿐만 아니라 번역가로서
도 왕성한 활동을 하고 있다. 그는 카프카와 릴케의 작품을
노르웨이어로 번역한 직후, 세 개의 시리즈로 나뉜 묵직한
'7부작 Septologien'(2019~2021)에 이어, 이 책 『샤이닝
Kvitleik』(2023)을 선보였다. 이 소설은 희곡으로 각색되어
지난해 봄 베르겐에서 최초로 연극 〈검은 숲속에서 I svarte
skogen inne〉로 무대에 올랐다.
  『샤이닝』은 포세의 여러 작품 가운데 한 편의 작은 스케
치이자, 모래알 같은 진주라 할 수 있다. 한 번은 소설로, 한

번은 희곡으로, 그가 집요하게 놓치지 않고 구현하려고 한 이 이야기는 아주 짧다. 그럼에도 이 작품이 묵직하게 다가오는 것은 죽음의 문턱에 들어서는 한 인간의 미묘한 생각과 정서를 그리는 데, 어두운 단조와 밝은 장조를 적절히 섞어가며 시각적인 멜로디를 만들어내는 포세만의 문학성과 음악성이 탄탄하게 받치고 있기 때문일 것이다.

이 작품에서 과거와 현재는 서로 겹쳐져 있어 분명한 경계를 알아보기가 쉽지 않다. 그리고 포세의 다른 작품에서 접할 수 있는 삶의 도약이나 내리막도 볼 수 없다. 게다가 매우 구체적이고 혼돈스러운 상황에 처한 주인공의 복잡한 심리 상태는, 압축과 반복을 바탕으로 한 포세만의 서술 방식 때문에 매우 단순하고 간결하게 다가온다.

포세의 다른 작품과 비교한다면, 이 작품에서는 우리가 알고 있는 포세의 스타일보다 훨씬 많은 마침표가 여기저기 뿌려져 있음을 알아볼 수 있다. 이 마침표 수는 생각이 가속화되고 이야기가 결말에 가까워지면서 점점 줄어든다. 그와 동시에 포세의 고전적인 주제라고도 할 수 있는 빛과 어둠의 교차는 시간이 흐르면서 점점 더 촘촘해진다.

이전 작품에서 볼 수 있는 포세의 인물들은 복잡한 생각들과는 거리가 멀 뿐 아니라 자신이 살고 있거나 또는 살아왔던 삶에 가치를 부여할 수 있는 이들, 즉 풍부한 내면의 삶의 축복을 받은 캐릭터들이었다. 반면, 이 책의 화자이자 주인공인 '나'의 생각과 심리 상태는 매우 복잡하고, 지난 삶에 관해서는 아무것도 드러난 것이 없다. 이 책은 주인공이 느끼는 인생에 대한 '지루함'으로 시작한다. 지루함이라는 심리적 상태는 욘 포세의 작품 중 데뷔작 『레드, 블랙 *Raudt, svart*』(1983)에 등장하는 이름 없는 17세 소년을 제외하고는 그 어느 캐릭터에서도 볼 수 없던 정서다. 그 때문에 노벨상 수상 이후 최근에 발표한 이 책의 첫 장을 또다시 놀라움을 느끼며 열게 된다.

어느 가을 저녁, '나'는 갑자기 엄습한 삶의 지루함에서 벗어나기 위해 무작정 차에 올라 운전을 시작해, 곧 숲길 한 가운데에서 꼼짝도 못하게 된다. 방향을 바꾸는 것도 불가능하고 후진도 할 수 없다. 게다가 해는 저물고 갑자기 눈까지 내리기 시작한다. 급기야 '나'는 숲속에서 길을 잃고 헤

매게 된다. 그러고는 어머니와 아버지, 검은 양복을 입은 신사, 순백색의 존재 등 현실에서는 결코 만날 수 없는 이들과 수수께끼 같은 조우를 하게 된다.

주인공이 도움을 청하기 위해 발길을 돌리지 않고 오히려 더 깊은 숲속으로 들어갈 때, 혹자는 작가가 이야기를 쉽고 편하게 이어나가기 위해 의도적으로 주인공을 잘못된 길로 인도했다고 생각할 수도 있다. 하지만 이야기를 계속 따라가다보면, 우리는 어느새 되돌릴 수 없는 신비로운 세계에 주인공과 함께 서 있는 스스로를 발견하게 된다. 즉 포세는 독자들에게 보여주고 들려주기 위한 이야기를 쓴 것이 아니라, 자신이 지어올린 세계 속으로 독자들을 초대하기 위해 이 작품을 쓴 것이다. 그가 초대하는 세계 속에 우리가 선뜻 들어설 수 있는 이유는 그의 말과 글이 보여주는 진실성 때문일 것이다. 노벨상 시상식장에서도 말했듯, 작가 자신은 글을 지어내는 것이 아니라 가슴속 어딘가에 이미 존재하고 있던 글을 끄집어낼 뿐이다.

이 책의 주인공은 숲속에서 길을 잃고 헤매며 수많은 질문을 던진다. 하지만 그의 질문에는 물음표가 없다. 왜냐하면 그의 질문은 실재적 답을 요하는 현실적인 질문이 아니기 때문이다. 그의 의문을 담은 생각은 제 모습을 갖추기가 무섭게 뒤를 잇는 또다른 생각에 묻혀버린다.

그가 숲 한가운데에서 할 수 있는 것은 무엇이 있을까. 그는 도움의 손길도 찾을 수 없다. 그가 숲속의 영원한 어둠, 또는 빛 속에 발을 들여놓은 것은 그의 무의식 속에 존재하는 본능 때문이었을까, 아니면 이미 정해진 운명 같은 것이었을까.

그가 숲속에서 헤매다 만나게 되는 빛나는 순백색의 존재는 천사일까? 그렇다면 검은색 양복을 입은 맨발의 남자는 누구, 또는 무엇일까? 그들은 주인공과 함께 또다른 세상으로 향할 것인가, 아니면 이 세상에 남아 있을 것인가?

한편 이 책의 전개 방식은 강렬하게 열려 있다는 느낌을 주는 그의 이전 소설과는 달리, 오히려 폐쇄되어 있다는 느낌을 준다. 또한 한 문장 한 문장 압축과 반복을 통해 나아가는 서술 방식은 이전 작품의 루틴에서 벗어나지 못하는 것처럼 보이기에 때로는 억압적으로 다가오기도 한다. 하지만 지루함과 폐쇄라는 요소로 첫 장을 여는 이 작품은 포세만의 이러한 서술 방식으로 인해 더욱 강렬하게 다가오며, 우리는 그 속에서 작가의 의도와 치밀함을 엿볼 수 있다.

반면 이 책에서 중심 공간인 숲은 폐쇄적 공간임과 동시에, 무한하게 열려 있는 공간으로도 다가온다. 이러한 패러독스 때문에 주인공은 자신이 몸담고 있는 그 상황이 현실적으로 존재하는 것이 불가능하다는 것을 충분히 인지하지만, 그럼에도 그는 거기에서 빠져나올 수가 없다. 그 때문에 그는 낙담과 실의 속에서 웃음을 터뜨리기도 하고, 스스로 미쳐버린 것이 아닌가 의심하기도 한다.

욘 포세는 그 누구도 직접 경험하지 않고는 알 수 없는 삶의 한순간을 매우 효과적으로 서술하는 작가로 평가받는다. 누군가는 경계선 없이 현실과 꿈을 넘나드는 그의 글에서 노르웨이 작가 타리에이 베소스 Tarjei Vesaas의 『새들』에 등장하는 마티스를 연상하기도 하고, 현실과 초현실의 경계점을 묘사하기 위해 끊임없이 시도하는 스코틀랜드 출신의 작가 앨리 스미스 Ali Smith의 작품들을 떠올리기도 한다.

이 책은 포세의 다른 작품들보다 예측 불가능한 꿈의 논리에 더 크게 기대고 있다. 주인공의 차가 숲길에 처박혀 오도 가도 못하는 그림은 이 책에서 전개되는 이야기 전체에 적용되는 첫번째 이미지다. 포세는 이 이미지를 통해 우리의 삶은 대부분의 꿈처럼 되돌아갈 길을 찾을 수 없다는 것을 이야기하고 있다.

무작정 차에 올라탄 주인공은 각각의 교차로를 지날 때마다 왼쪽과 오른쪽을 번갈아가며 차머리를 바꾸었고, 결국은 한 숲길에서 막다른 상황에 처하게 된다. 어둠이 내리고 눈이 쌓이기 시작한다. 하지만 그는 도움을 찾아 나서는 대신 더 깊은 숲속으로 들어간다.

주인공의 이러한 행위는 누구나 한 번쯤은 당면해본 적 있는 일반적인 삶의 한순간을 압축적으로 보여준다. 앞날을 알 수 없는 상황에서 선택의 갈림길 앞에 이르면, 우리는 마치 제비뽑기를 하듯 한 번은 이것을 선택했다가 또 한 번은 저것을 선택하기도 한다. 운이 좋으면 앞이 훤하게 보이는 탄탄대로에 오를 수도 있을 테지만, 가끔은 이 책 속의 주인공처럼 한 치 앞도 내다볼 수 없는 캄캄한 숲속에서 옴짝달싹 못할 때도 있다. 흔히 인간은 이성적 존재라고들 한다.

그러나 이 말은 인간이 항상 이성적으로 행동한다는 말과는 거리가 있다. 오히려 인간은 이성적으로 행동할 수도 있는 존재라고 해야 더 정확할 것이다. 그렇다, 우리는 가끔 이성을 잃어버리고 치명적 결과를 가져오는 엉뚱한 선택을 내릴 때도 있다. 숲속에 있던 주인공이 도로변으로 나가 도움을 청하는 대신 엉뚱하게도 더 깊은 숲속으로 들어가는 것처럼 말이다.

숲속에서 길을 잃어버린 주인공은 한기와 배고픔과 피곤에 지친 나머지, 천사를 연상시키는 빛나는 순백색의 존재, 그를 찾아 나선 부모님, 그리고 검은 양복을 입은 맨발의 사나이 등 환영을 보게 된다. 시간이 흐르면서 이 초현실적인 존재들은 주인공의 눈에 점점 더 현실적으로 다가오기 시작한다. 그럼에도 주인공은 그들이 누구인지, 또 자신에게 무슨 일이 일어나고 있는지 알지 못한다. 포세는 이러한 상황을 자신만의 특징적인 서술 방식, 즉 물음표 없는 질문을 던지면서 이야기의 클라이맥스로 몰아간다.

"나는 둥근 바위에 앉아 검은색 양복을 입은 남자를 바라본다. 지금 무슨 일이 일어나고 있는 것일까. 나는 지금 어디에 있는 것일까. 그렇다, 나는 지금 숲속에 있다."(본문 75쪽)

앞서도 말했듯, 이 책의 주인공이 던지는 질문에는 물음표가 보이지 않는다. 그렇다면, 우리는 포세가 우리 앞에 던져놓은 이러한 문장들을 있는 그대로 즉, 질문이 아닌 하나의 서술이나 주장으로 읽어볼 수도 있을 것이다. 그렇게 실험을 해보는 것도 좋을 것이라 생각한다. 이 경우, 우리는 포세의 문장에서 새로운 리듬을 찾을 수 있다. 특히 그의 문장을 소리 내어 읽으며 그가 무엇을 묻고 있는지 강조해서 읽어보라. 그렇게 한다면 이 '무엇'은 더이상 의문의 주체가 아니라, 일종의 어둠 또는 심연, 또는 아마도 우리가 죽음이라 부르는 알 수 없는 것을 상정하고 있음을 깨달을 수 있다. 우리가 이 책을 통해 매우 압축적이고 특이한 독서 경험을 할 수 있는 까닭은 바로 그 때문이다. 포세는 '무엇'이라는 작은 단어에 완전히 새로운 의미를 부여했고, 우리는 이 단어를 새로운 방식으로 해석하는 방법을 배워야 할 것이다.

반대로 이처럼 연이어 등장하는 물음표 없는 질문에 너무나 익숙해진 나머지, 가끔은 마침표로 끝나는 문장에 무의식적으로 물음표를 넣어보는 사람도 있을 것이다. 이 경우에도 눈에 보이는 활자 그 이상의 의미를 짚어낼 수 있다. 시간이 흐르면 그 어떤 선택이라도 자연스럽게 여겨지는 것이 일반적이기에, 어쩌면 우리는 또 얼마 지나지 않아 『샤이닝』에서 접했던 물음표의 부재에 익숙해질지도 모른다.

이 작품은 명상이자 묵상이다. 인생의 마지막 순간에 대한 묵상은 이 책의 끝부분에서 정점에 이른다. 포세는 이 작품을 통해 인간과 죽음의 이상하고도 미묘한 관계를 집중적으로 다루었다. 마치 죽음이 첫 문장부터 마지막 문장까지 주인공의 생각과 행동을 통제하는 것 같기도 하다.

이 책에서는 물음표를 거의 볼 수 없다. 그러나 마침표는 제자리를 지키고 있다. 특히 직전에 출간된 그의 1200여 페이지에 이르는 소설 '7부작'에는 마침표가 하나도 없기에, 그 직후에 출간된 『샤이닝』의 마침표들은 상대적으로 더욱 눈에 띈다. 욘 포세의 전작을 읽은 독자들은 이전 작품에서 마침표의 부재 때문에 오히려 마침표의 의미를 더욱 강렬하게 받아들인지라 이 작품을 더욱 신선하게 읽어낸다. 게다가 수백 페이지를 넘기는 동안 마침표의 부재로 숨 돌릴 만한 곳을 찾지 못한 그들은 언어적인 면에서, 또는 시각적인 면에서 극명한 대조를 이루는 이 작품에 환호를 보냈다.

마침표는 멈춤을 의미한다. 포세는 이 작품에서 다시 마침표를 등장시켰고, 실제로 이 작품을 '멈춤'으로 시작했다. 이미 책의 첫 페이지에서 운전을 '멈춘' 주인공이 묘사되었고, 주인공이 숲속으로 들어간 직후 길을 잃게 되면서 다시 '멈춤'이 진행된 셈이니 말이다.

우리는 주인공의 나이를 짐작할 수 없지만, 책을 읽다보면 적어도 그에게는 꽤 연로한 부모가 있었다는 사실을 알게 된다. 그는 숲속에서 자신의 부모를 만나고, 얼굴이 없는 검은 양복 차림의 남자를 만나기도 한다. 부모는 실제 노부모처럼 서로에게, 또 주인공에게 농담을 건네기도 한다. 그들은 여기서 무엇을 하고 있었을까? 그들은 왜 그를 따라 여기에 왔을까? 아버지는 어머니를 따르고 어머니는 아버지를 따른다.

주인공 역시 왜 이처럼 맹목적으로 숲에 들어왔는지 대답하지 못한다. 그렇기에 그는 내면의 독백을 통해 자신이 무엇을 하고 있는지, 또는 자신이 미쳐버렸는지 등의 질문을 끊임없이 던진다. 그런 주인공의 심리는 "나는 내가 왜 그런 행동을 했는지 전혀 이해할 수 없었다"라고 중얼거리는 한마디를 통해 잘 드러난다.

원서 제목 'Kvitleik'는 말 그대로 '순백색Whiteness'을 의미하지만, 포세가 담으려 한 의미가 단지 이 단어의 기술적 의미는 아닐 것이다. 물론 이것을 포세의 예술성과 그에 대한 대중적 수용을 의미한다고 해석하는 사람도 있고, 별빛과 달빛이 비침에도 불구하고 칠흑 같은 어둠으로 묘사되는 숲을 강조하기 위한 일종의 도구라고 해석하는 사람도 있다.

실질적으로 이 책의 제목은, 순백색의 '존재', 포세의 주인공이 숲속에서 길을 잃고 헤맬 때 가장 처음으로 만나게 되는 캐릭터를 가리킨다. 그것은 신일까? 이 '존재'가 신 또는 천사라 해도 놀랄 사람은 별로 없을 것이다. 왜냐하면 주인공은 자신이 처한 초현실적인 상황과 자신의 눈에 보이는 것들이 얼마나 이상한지 지속적으로 말하고 있기 때문이다. 포세는 이 책을 통해 인간이기에 결국 어쩔 수 없이 받아들여야 하고 최종적으로 자인自認할 수밖에 없는 운명을 초현실 속의 진실로 묘사했다.

2020년 '7부작' 중 3~5부에 해당하는 『나는 타인이다*Eg er ein annan*』가 출간되었을 때, 비평가 프레벤 요르달Preben Jordal은 한 에세이에서 포세를 크리스천 작가로 간주해야 하며, 일련의 작품을 통해 그의 신학적 질문이 점점 더 무게를 더해가고 있다는 것을 알 수 있다고 말했다. 실제로, 이 연작에서는 각각의 작품이 노르웨이어와 라틴어로 된 기도문으로 끝을 맺는다. 이것은 희곡 『누군가 올 거야*Nokon kjem til å komme*』(1996)부터 눈길을 끌던 포세만의 독특한 반복적 서술 방식에 그 뿌리를 두고 있다고 해도 좋을 것이다.

포세는 최근 〈뉴요커〉와의 인터뷰에서, 가톨릭교회를 현대 경제 세력에 대항하는 반대 세력으로 보며 스스로를 개종한 가톨릭교도이자 반자본주의자로 간주한다고 말했다.

이와 관련해 요르달은 포세를 자기 자신에게 진실한 작가이자 상당히 진보된 신학자로 봐야 한다고 주장한다. 그는 포세가, 작품 속 주인공이 스스로를 확신하지 못할 때, 또는 삶과 죽음을 아우르는 거대하고도 이해 불가능한 질문 앞에서 낙담하고 당황할 때마다 전지전능하고 거대한 신 앞에 서 있는 보잘것없는 존재로서 내세우게 되는 자기방어기제 즉, 일종의 겸손의 토포스를 활용한다고 했다.

삶을 살다보면, 때로는 가장 기본적인 질문이 가장 중요하게 다가올 때가 있다. 어느 정도의 겸손은 이러한 질문에 맞닥뜨렸을 때 우리가 기댈 수 있는 가장 현명한 디딤돌 중 하나일 것이다. 이것은 『샤이닝』에서 드러나는 포세의 자아에서도 볼 수 있다.

"나는 아주 조용히 서 있다. 사방이 완전히 고요해졌으면 좋겠다, 나는 고요함의 소리를 듣고 싶다. 침묵 속에서는 신의 목소리도 들을 수 있기 때문이다. 나는 적어도 누군가가 그렇게 말했던 것을 기억하고 있다, 하지만 나는 신의 목소리를 들을 수 없다, 내 귀에 들리는 것은, 아무것도 없다."(본문 59쪽)

포세는 이 작품에서 다시 한번, 우리 중 그 누구가 될 수도 있는 한 평범한 사람이 외롭게 죽음을 맞이하는 이야기를 들려준다. 이전 작품인 '7부작'에서 마침표 없이 죽음을 묘사했다고 한다면, 반면 이번 작품 『샤이닝』에서는 죽음의 순간을 훨씬 간결하게 묘사했다. 단 몇십 페이지에 그려낸 죽음, 그리고 마침표 형태로 자리잡은 더 많은 '멈춤'을 접할 수 있는 작품이 바로 이 책이다.

포세는 스쳐지나가는 순간의 통찰을 통해, 신이 그 무엇보다 먼저 존재하고, 예술이나 빛의 형태로 그 모습을 드러낼 수도 있음을 말하기 위해, 반드시 수백수천 페이지가, 그토록 많은 글들이 필요하지 않다는 것을 이 작품을 통해 증명했다.

2024년 초봄 노르웨이에서
손화수

참고문헌

1. Jan H. Landro, *Jon Fosse–Enkelt og djupt*, Selja forlag, 2022.
2. Preben Jordal, «Septologiens skisma», *Vinduet*, nr. 4, 2020.
3. Cecile N. Seiness, *Jon Fosse: Poet på Guds jord*, Det Norske Samlaget, 2009.
4. Leif Johan Larsen, «Smerte, sorg og dristighet: om Jon Fosses forfatterskap», *Norsklæraren* 19, nr. 4, 1995.

옮긴이 **손화수**
한국외국어대학교에서 영어를, 오스트리아 모차르테움대학교에서 피아노를 공부했다.
2000년대부터 노르웨이문학을 활발히 한국에 소개했으며, 2012년 노르웨이 해외
문학협회에서 수여하는 '올해의 번역가상'을 받았다. 옮긴 책으로 『멜랑콜리아 I-Ⅱ』
『톨락의 아내』『그 여자는 화가 난다』『우리의 사이와 차이』『나의 투쟁』『사자를 닮
은 소녀』『밤의 유서』 등이 있다.

문학동네 세계문학
샤이닝

1판 1쇄 2024년 3월 15일
1판 2쇄 2024년 4월 15일

지은이 욘 포세 | 옮긴이 손화수
책임편집 송지선 | 편집 이봄이랑 황문정 이현자
디자인 김유진 이주영 | 저작권 박지영 형소진 최은진 서연주 오서영
마케팅 정민호 서지화 한민아 이민경 안남영 왕지경 정경주 김수인 김혜원 김하연 김예진
브랜딩 함유지 함근아 고보미 박민재 김희숙 박다솔 조다현 정승민 배진성
제작 강신은 김동욱 이순호 | 제작처 천광인쇄사(인쇄) 경일제책사(제본)

펴낸곳 (주)문학동네 | 펴낸이 김소영
출판등록 1993년 10월 22일 제2003-000045호
주소 10881 경기도 파주시 회동길 210
전자우편 editor@munhak.com | 대표전화 031)955-8888 | 팩스 031)955-8855
문의전화 031)955-1927(마케팅), 031)955-2686(편집)
문학동네카페 http://cafe.naver.com/mhdn
인스타그램 @munhakdongne | 트위터 @munhakdongne
북클럽문학동네 http://bookclubmunhak.com

ISBN 978-89-546-9843-6 03850

잘못된 책은 구입하신 서점에서 교환해드립니다.
기타 교환 문의 031)955-2661, 3580

www.munhak.com

『샤이닝』에 쏟아진 찬사

그의 혁신적인 희곡과 산문은 말할 수 없는 것에 목소리를 부여했다. _스웨덴 한림원 노벨문학상 선정 이유 포세의 소설이 지닌 가장 큰 장점은 단일한 해석을 철저히 거부한다는 점이다. 읽을수록 이야기는 명확한 단음으로 들리지 않고, 오히려 모든 가능한 해석이 한꺼번에 울려퍼지는 화음이 된다. _가디언 욘 포세의 문장은 입센과 마찬가지로 감정의 본질에 뿌리를 두고 있음을 쉬이 알 수 있다. 그러나 그 이상이다. 무엇보다 『샤이닝』은 강렬한 시적 단순성을 지니고 있다. _뉴욕 타임스 욘 포세의 문장은 말을 하는 대신 관찰하고, 서술하고, 서사를 쌓아나가며 의식 그 자체처럼 흘러간다. 짧은 분량임에도 『샤이닝』이 이토록 중대한 작품으로 느껴지는 건 그 때문인지 모른다. 이야기가 어디로 향하는지는 전혀 알 수 없지만 그건 중요하지 않다. 당신은 단어를 따라, 그 리듬을 따라 계속 나아가고 싶어질 것이다. _파이낸셜 타임스 욘 포세의 작품에 다가가기 위한 완벽한 입문서. _텔레그래프 우리는 진귀한 문학적 위대함을 마주하고 있다. 스웨덴 한림원은 욘 포세의 이 위대함에 노벨상을 수여한 것이다. _타임스 리터러리 서플리먼트 『샤이닝』은 여기저기 구멍이 뚫린 심리 상태를 묘사해내는 포세의 재능을 탁월하게 보여주는 역작이다. _아이리시 타임스 『샤이닝』은 포세의 가장 큰 장점인 일상적인 것과 숭고한 것을 자연스럽게 결합하는 능력이 돋보이는 작품이다. 이 소설이 지닌 힘의 중심에는 어떤 영적인 진지함이 있다. _선데이 인디펜던트 노벨상을 수상한 포세의 심리학에는 형이상학적인 강력한 흡인력이 있다. _디 차이트 이 이야기를 통해 포세는 스스로를 내던진 사람의 마음 상태에 대한 깊은 통찰을 독자들에게 보여준다. 외로움과 세상에 지친 모습을 슬프고 아름답게 표현해낸 빛나는 그림. _WDR 욘 포세, 이보다 더 그다운 작품은 없을 것이다. _WDR 5 『샤이닝』은 사색에 잠기도록 하는 멋진 초대장이다. _NDR 『샤이닝』은 죽음에 대한 짧은 걸작이다. 한마디로 위대한 문학이다. _닥블라데 욘 포세는 차가 눈밭에 고립된 한 남자의 기이하고 아름다운 이야기를 통해 예술적인 기량을 마음껏 펼친다. 결국 우리는 작품 속에 담긴 상징을 해석하기 위해서가 아니라 우리의 현실이 얼마나 놀라운지, 얼마나 아름다운 동시에 고통스러운지를 떠올리기 위해, 그리고 한 발짝 물러나 그 미스터리에 경의를 표하기 위해 포세의 글을 읽는다. _모르겐블라데 새 노벨상 수상자의 미로 같은 작품들 중 어디서부터 시작해야 할지 모르겠다면, 냉정하고 아름답게 디자인된 이 소설을 출발점으로 삼아보라 기꺼이 추천한다. 이 책에는 이 노르웨이 작가의 작품을 독특하게 만드는 모든 요소가 완벽하게 어우러져 있다. _드 티트